HITLER

THE MAN BEHIND THE MONSTER

写真でたどる
アドルフ・ヒトラー

独裁者の幼少期から家族、友人、そしてナチスまで

マイケル・ケリガン
MICHAEL KERRIGAN

白須清美 訳

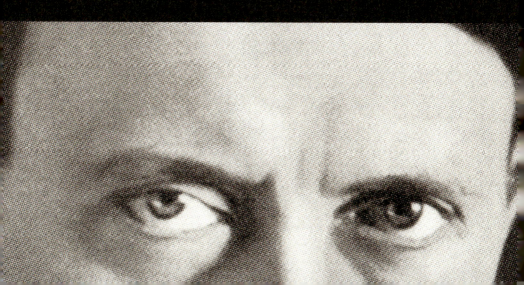

CONTENTS

文中の『わが闘争』からの引用部分につきましては、
平野一郎氏・将積茂氏の訳を参照しました。───訳者

イントロダクション

怪物とみなされるのが通例である人物を、どう評価すればよいだろう?
悪魔的な伝説となった人物の性格を、どう理解すればよいだろう?
その犯罪の広範さを考えると、
ヒトラーという人物をありのままにとらえることが、
より重要になってくる。

すべてを理解するのはすべてを許すことだということわざがある。だが、どれだけの理解力があれば、大陸を破壊し、道徳をむしばみ、5000万人以上の命を奪うことに意味があると思えるだろうか? アドルフ・ヒトラーが、現代史の怪物の中でも飛び抜けているのは間違いない。犯罪の規模だけではなく、それを行う秩序だったやり方においても。

冷戦下の歴史家たちは、ヨシフ・スターリンを、大量殺人という点でヒトラーに匹敵する、もしくは、それを上回る人物に仕立て上げようと懸命になったが、こうした主張がその後のソ連の文書館に残ることはなかった。スターリン政権下の3000万の国民がナチスの侵攻によって殺された事実のほかに、この共産主義の独裁者による「恐怖政治」には、ほとんど語るべきことがない。とはいえ、約100万人の犠牲者を出しただけでも明らかに悪行だ。ウクライナの農業集団化の過程で銃殺され、餓死した約5万人にとっては慰めにはならないだろう。彼らは

アメリカ大使の娘マーサ・ドッドが「衝撃的で忘れがたい」と言った1933年の写真。ヒトラーの目は、権力へのひたむきな意志を表している

人種差別ではなく、イデオロギー的熱狂の名の下に命を落とした。しかし、スターリンの偏執狂の大半は、その20年後に中国主席の毛沢東がそうであったように、いわゆる「ユダヤ人問題」についてのヒトラーのきわめて哲学的な分析（および「最終的解決」）に比べれば、まだ分別があるように思える。その点で言えば、ロマ族やポーランド人、スロヴェニア人、同性愛者、障害者、エホバの証人といった他の標的に対する理路整然とした不条理もしかりだ。

　だとしても、スターリンが残虐性について多少は心得ていたのは間違いない。彼は繰り返し「ひとりの死は悲劇だが、100万人の死は統計となる」と語っていた。この法則に照らせば、アドルフ・ヒトラーの犯罪録に残された徹底的な悪事から、まずヒトラーを、さらには彼の犯罪を理解するのは不可能としか思えない。もちろん、彼の姿を思い描くことはできる。ちょび髭と横分けした髪の、滑稽と言っていい姿を。顔をしかめ、身振り手振りを交えながら、大声で演説をする姿を見ることもできる。われわれは、彼について非常に多くのことを知っている。あまりに多くを知っているので、伝記作家は題材を探すよりも取捨選択するほうが難しい。しかし、われわれが彼を知っているというのは、どういう意味なのだろうか？

肩を組む兄弟：右から2番目の、薄手のドリル地の服を着た人物がヒトラーである。1915年5月撮影

悪の偶像

このナチスの指導者を、専制政治や残虐行為で比較しても、あまり役には立たないだろう。ある意味、彼は圧政と徹底的な悪の「代表」だからだ。ヒトラーや彼の世界から歴史的に離れるにつれ、彼の重要性は増すような気がする。「オンラインでの議論が長期化すればするほど、ナチズムやヒトラーを引き合いに出す確率が１に近づく」という、マイク・ゴドウィンの有名な（そして、あまり笑えない）「法則」は、このドイツの独裁者への評価が、彼個人だけでなく、われわれが従来「歴史」として理解している彼の立場をも超えていることを強調しているにすぎない。

今ではヒトラーは、一種の象徴に思える。サダム・フセインからタリバン、バラク・オバマ、ドナルド・トランプに至るまで、相手を問わず信頼を傷つけるための基準点のようだ。菜食主義や民俗学への興味、新鮮な空気とハイキングへの情熱といった無害なものまでも、ヒトラーと結びつくことで汚されるのだ。

人生と業績

ヒトラーの人生を、どう理解すればよいだろう？ われわれが伝記を読むときには、決まってその人物の名声（または悪名）についての説明や解釈を期待している。その人個人や業績と等価になるもの、すなわち生い立ちや学歴、経験といったものを求めずにはいられないのだ。しかしヒトラーの場合、詩人で批評家でもあるＴ・Ｓ・エリオット（1888-1965）の言う「客観的相関物」を見出すのは難しい。原因と結果の間にある種の等価性を見つけられそうにないことから、われわれは絶望的な憶測のスパイラルにはまることになる。

ヒトラーは、家庭内暴力の目撃者でもあり、被害者でもあったと考えられる。

　どの伝記を読むときにも、特に本書のように比較的短いものの場合、確立した解釈ではなく可能性を述べるしかできないことを頭に置いておかなければならない。知られている事実（しかも、ヒトラーの伝記には書かれていないことも数多い）を記すことはできるが、それは必要なものすべてを網羅した真実を述べるのとは違うのだ。

　第1章で明らかになるように、ヒトラーは機能不全家族の産物で、家庭内暴力の目撃者でもあり、被害者でもあったと考えられる。彼の家庭そのものが、社会的混乱と文化的危機の時代の、機能不全国家の産物だった。だが彼だけでなく、きわめて多くの人がそうだったのである。総統となった彼が熱心な共犯者を見つけたのは事実だが、結局はそれももうひとりのアドルフ・ヒトラーにすぎなかった。こうした人生の苦難から、これほどのスケールの怪物がどのようにして生み出されたかを知る

ヒトラーは侵略行為とゲルマン的な男らしさの美化を積極的に進めた。1927年のこの写真では、ニュルンベルクで突撃隊の褐色のシャツを着て敬礼し、力を見せつけている。

のは難しい。

人間と神話

　ヒトラー自身、声高な回想録『わが闘争』（1925-6）の最初で語ったような自己神話家であったとしても、大して意味はないだろう。しかし伝記作家でさえ、実際より誇張された彼の性格を、本人の大言壮語のせいにしたいという誘惑にしばしば負けてしまう。これは当時のナチの支持者や、その後の擁護者に

芸術家にはなりそこねたが、それでも文字通り先見的だったヒトラーは、このポスターが示すように、イデオロギーだけでなく「見た目」も売り出しはじめた。

限ったことではない。彼の批判者にしても、その犯罪の規模には誇張された性格づけが必要だと考えているように見受けられる。

　批評によっては、因果応報的な人物を想定して、その評判を落とし、（死後に）恥をかかせなければならないと考えるものもある。そのため、ヒトラーは同性愛者だった、数々の性的不能を抱えていた、「小陰嚢症」と言われていた、マゾヒストだった、愛糞症だったといった報告がなされている。こうした主張は巧妙な説で正当化され、あらゆる形の「証拠」が集められた。しまいには、そのどれひとつとして、きっぱりと排除することができなくなってしまった。

　しかし、それらがヒトラーの性格を説明するものとして説得力を持つのは、感情面に多く訴えるときだと理解しておかなくてはならない。最終的解決の考案者がユダヤ人のルーツを持っていたとしたら、完璧ではないだろうか？　ホロコーストの動機が、突き詰めていけば自己嫌悪だったとしたら？　ヒトラーが同性愛者を迫害したのは自らの罪深い欲望に突き動かされたためで、エヴァ・ブラウンとの長い恋愛関係は、劣等感を過剰に補償しようとする必死の試みだったのではないか？　周囲の大陸を破壊しようという決意は、発揮できなかった創造性や、芸術の世界で第一の野心を達成できなかった結果なのではなかろうか？

人生対時代

　ヒトラーの独裁は、実際のところ、どこまでその時代に左右されていたのだろうか？　彼は自分が時代を支配し、時代の出来事を形作っていると信じ込んでいたのだろうか？　実際には彼はもっと受け身だったのに、われわれは彼が自ら英雄化した人物に熱狂する危険を冒してはいないだろうか？　これから見るように、第三帝国はドイツにとってトラウマ的な変化の中で

生まれた。ヨーロッパ全土に向けた経済力と文化力は広範囲にわたった。ヒトラーは、決してずば抜けた知性を持っていたわけではないが、思いつきを真面目にとらえ、科学や哲学における時代の変化の多くを受け入れ、不器用ではあるが、自分なりの答えを見出そうとした点で賢かった。第2章では、ヒトラー自身が作り上げた哲学が、その愚劣さにおいて、いかに同時代の空想的な考えの前触れとなったかを示そうと思う。

　若き日のヒトラーを、ウィトゲンシュタイン、クリムト、フロイトのように、20世紀初頭のウィーンの芸術・教養の醸成に寄与した人物だとするのは大げさだろう。議論の余地はある

祖国の父として、子供たちに接するヒトラー。子供たちはドイツの輝かしい未来を約束する存在だ。

が、彼は結局のところ、あの恐ろしい黄金時代の論理的帰結だった。ただし、最も輝かしい表現にすら、暗く邪悪な秘密が暗示されている。哲学者フリードリヒ・ニーチェは「おまえが長く深淵を覗くならば、深淵もまた等しくおまえを見返すのだ」と言った。ヒトラーの隆盛と統治が底知れぬ深淵でなければ、何であったのかと想像するのは難しい。

　その限りでは、恐ろしいものではあったにせよ、ヒトラーの帝国は当時では「適切」とみなされていたのかもしれない。そのことで、またひとつの疑問が生じる。ヒトラーが存在していなかったら、彼を生み出す必要があったのだろうか？　それに答えるのは難しいし、その必要がないのはほっとすることだ。われわれがどれほど彼の生い立ちを明らかにし、その隆盛を説明しようとしても、彼は確かに存在していた。そして、自分の周りにひとつの国家と社会を作り上げるのに成功した。

　ヒトラーは時代の申し子として、空前絶後の機会を手にしたという見方もできる。ペイシストラトス、チンギス・ハン、ティ

1934年頃、バイエルンの別荘でくつろぐヒトラー。ナチズムは、ドイツの景色の美しさに深く根差していると言われる。

ヒトラーのものとされる
絵。きわめてわずかでは
あったが、彼には確かに
芸術的才能があった。

ムールといったそれまでの専制君主には、これほど洗練された
大規模な国家機構、産業基盤、残虐非道な戦力を求めることは
できなかった。それでもわれわれは、無定形の謎に包まれた疑
問に戸惑う。どれほどヒトラーのことを説明しようとしても、
彼はやはり、唯一無二の存在なのである。

第1章......... 子供時代

ヒトラーの生まれや幼少期を「謎めいている」とするのは、
いたずらにメロドラマ的なことだが、
それは確かに曖昧であり、重要な部分が明らかにされていない。
しかし、中でもとらえどころがないのは
——現実に彼が苦難と屈辱を味わったことは明らかになっているにせよ——
やがて悪を解き放つことへの説得力のある説明である。

　ヒトラーの経歴は、正確には始まらないうちから間断なく書き換えられている。その過程は、父親から始まっているようだ。1876年、息子のないまま40になろうとしていたアロイス・シックルグルーバーは、正式な手続きを経て改名した。オーバーエスターライヒ州の小さな町ブラウナウ・アム・インの税関検査官だった彼は、以降アロイス・ヒトラーと名乗るようになる。彼はまた、教区司祭によって過去にさかのぼって「嫡出子」であることを証明される。それまでは、彼は「父親不明」とされていた。

1899年のクラス写真。オーストリア、レオンディンクの小学校でのアドルフ・ヒトラー。ヒトラーは後列中央の背の高い少年。成績は特に優秀ではなく、1905年には学校教育を終えている。

疑わしい出生

　アロイスは、今となっては悪名高いこの苗字を、どこからともなく思いついたわけではなかった。ヨハン・ゲオルク・ヒードラー（1792-1857）は、アロイスの母マリア・アンナ・シック

ルグルーバーと 1842 年に結婚し、彼の生い立ちに大きな影響を
与えた。それでも、ヨハン・ゲオルクが彼の生物学的な父親で
あったかどうかは定かではない。ふたりが結婚したときには、
アロイスは 5 歳になっていた。また、マリア・アンナの人生で
説明がつかないのは、その 5 年間だけではなかった。アロイス
の出生前の数カ月、もしくは数年に関しても、多くの謎が残さ
れている。

　42 歳で、ニーダーエスターライヒ州デラースハイムで家政婦
をしていたマリア・アンナ・シックルグルーバーは、歴史的な
観点からすれば明らかに「容疑者」とは言えない。貧しく、教
養もない使用人で、他人の家庭に住み込んでいた彼女は、自分
自身の社会的地位を持ってはいなかった。現在、彼女が学術的
な研究対象になっているのは、本人が死んでから 40 年以上も
経って生まれた、見たこともない孫のせいだ。

　マリア・アンナはウィーンの北西に当たるニーダーエスター
ライヒ州ヴァルトフィアテルの小さな村、シュトローネスで生
まれる。父親はその村で小作人をしていた。その後、マリア・
アンナの消息は 1837 年 6 月 7 日までほとんどたどることはでき
ない。この日、アロイスの出生がデラースハイムの教区簿に記
録された。彼女がいつからその村に住んでいたかも、そこに来
る前にはどこにいたのかもわかっていない。

本当にロスチャイルド家だったのか?

　これ以上の証拠がないため、憶測の範囲は限りなく広がって
いく。マリア・アンナの経歴は白紙状態で、どんな突飛な憶測
も可能だ。その誤りを証明するのは困難なことで知られてい
る。それに、ホロコーストの責任者が、ある意味「本当は」ユ
ダヤ人であったと主張することで、歴史上のシャーデンフロイ
デ（他人の不幸を喜ぶ気持ち）を満足させたくない者がいるだ

ろうか？

　ドイツでは 1920 年にはすでに、ヒトラーの祖母がアロイスを宿していたときにウィーンのザーロモン・マイアー・フォン・ロートシルト（ロスチャイルド）の家で働いていたという噂が流れていた。彼は大銀行のオーストリア支店長だった。この噂はさかんに繰り返されたが、当時でもあり得ないと思われていた。それを裏づける証拠はなかったのだ。

フランケンベルガーという要素

　続いて出てきたのは、それよりは奇抜ではない説だ。ヒトラーの父親はフランケンベルガー（またはフランケンレイター）家のひとりだったかもしれないというものだ。1946 年、第三帝国の元法務大臣、ハンス・フランクは（アドルフの甥アルフォンス・ヒトラーの証言に基づき）、アロイスの母はウィーンの南にある商業の要所グラーツのブルジョア家庭で、料理人として働いていたと明かした。

　家族はマリア・アンナが辞めてからも長年にわたって親交が

19世紀の貧しい田舎町は、美しい景観とはほど遠かった。マリア・アンナ・シックルグルーバーは、ニーダーエスターライヒ州のここ、シュトローネスで生まれた。

あり、子供の養育費まで払っていた。そこから、専属の料理人は自ら進んでか、あるいは気が進まないながらかはともかく、家族の一員の愛人でもあったに違いないという結論を導き出す人々もいた。最も可能性が高いのは、フランケンベルガー家の19歳の息子だった。

　ハンス・フランクの回想録（処刑直前に書かれたもので、それにふさわしく『絞首台の前で』というタイトルがつけられている）という文脈で書かれた、このセンセーショナルで日和見的な暴露は、1950年代にフランツ・イエッツィンガーがよみがえらせたときには、はるかに説得力を持った。『ヒトラーの青年

ザーロモン・ロートシルト（1774-1855）は、家業の銀行をオーストリアへ進出させた。その後、アロイス・ヒトラーの父親であるという噂が立った。

時代』（1956）の著者であるイエッツィンガーは、自分を捕らえた者たちにおもねる戦争犯罪者ではなく、聖職者であり、社会民主主義の政治家であり、公務員であり、リンツで司書を務めたこともある人物である。この論文が、騒動を巻き起こしたのも驚くに当たらない。

しかし、聖職者という立場や学術界での評判、政治的な地位をもってしても、イエッツィンガーの主張は信用に足るものにはならなかった。1830年代のグラーツに、フランケンベルガーまたはフランケンレイターという名前のユダヤ人家族が住んでいたという記録は発見されなかった（それに、住んでいたという可能性も考えられない。この時期、ユダヤ人はオーストリアのその地域に住むことを許されていなかったからだ。ヒトラーのニュルンベルク法は、それまで連綿と続いてきたものの最新版にすぎない）。アドルフ・ヒトラーの生涯に関しては、最も確実で権威ある学術資料でも、事実ではなく感情に基づいていることが往々にしてあるようだ。

秘密と嘘

マリア・アンナ自身も、その後の歴史家にとって参考にはならなかった。どのような理由があったのか、彼女は子供の父親の名を明かそうとしなかったので、アロイスは洗礼派の記録簿では「父親不明」とされている。父親候補者は明らかに、ヨハン・ゲオルク・ヒードラーだ。しかしこの明白さは、さらなる疑惑を呼ぶ。ヨハン・ゲオルクがアロイスの父親で、数年後に彼女と結婚することになるなら、なぜ出生時に結婚しなかったのか？

ありふれた真相としては、そのことはそれほど大したことではなく、緊急性を感じなかったというところかもしれない。嫡出子であることは確かに重要だが、その重要性は主に、婚外子

は財産を相続できないという点にある。最終的にはアロイスにとってきわめて重要なことになるが、ヨハン・ゲオルクが生きていて、自分の金を自由にし、自分で財産を管理できている間は、どちらでも大して問題はなかったのだろう。

さらに、こうした文書の改竄は見た目ほど行われていなかったのかもしれない。デラースハイムの教区司祭の仕事ぶりは、驚くほどずさんだった。アロイスの「父親不明」の部分は線でぞんざいに消され、代わりに「嫡出子」と走り書きされている。確かに（この「嫡出子」という記述に実際はどれだけの法的拘

[左] マリア・アンナの墓からは、彼女が生涯にわたり敬虔なカトリックだったことがわかる。彼女の孫は、こうした素朴な信仰心を軽蔑した。

[右] ハンス・フランク（前列左）は、法務大臣としてヒトラーに仕えたが、戦後の回想録はただの悪口と大差なかった。

束力があるかという興味深い疑問を引き出す）書き手の署名は
あるが、だからといって彼がわざわざ証拠隠しまでしたとは言
えないだろう。

名前に何が?

　もうひとつの可能性は、アロイスの叔父、すなわちヨハン・
ゲオルクの弟ヨハン・ネポムク・ヒードラー（1807-8）に息子
がなく、家名が絶える可能性に直面していたために、死後の遺
産と引き換えに改名を求めたというものだ。このことは、シッ
クルグルーバー姓からヒトラー姓になるのが遅れたことの説明
になる。しかしこれも、なぜアロイスがヨハン・ネポムクが好
んで使用した「ヒードラー」や別名である「ヒュットラー」姓
を採用しなかったのかという別の謎を生む。アロイスの叔父の

苗字に対する誇りと、綴りに対する大ざっぱな態度は、必ずしも矛盾するものではない。だとしても、このことはすでにある謎に謎を重ねている。

　さらなる疑問もある。アロイスの「叔父」は、元々彼の父親だったのではないだろうか？　そうなると、ヨハン・ゲオルクは、ヨハン・ネポムクが死後に正当な跡継ぎを残すためだけに、好意で、あるいは知らずに、アロイスの親代わりをしていたことになる。真実はわからない。ヨハン・ネポムクがアロイスの父親だという根拠は、ロートシルト男爵が父親だという根拠と大差ない。さらに、ヨハン・ゲオルクが父親だという確たる証拠もない。

　アドルフ・ヒトラーが生まれる前から、彼の祖先をめぐっては、混乱と秘密、無知の嵐に包まれている。この混乱は、当時の道徳的・社会的価値観を真に理解することが不可能なことから来ているにすぎない。19 世紀のオーストリアは、われわれが

嫡出子の不満?

　　非嫡出子であることをアロイスがどこまで「汚点」だと思っていたかには異論があり、激しい議論がなされてきた。しかし実際には、法的な観点から見れば「父親不明」であることのハンデキャップは大きいが、道徳的なカインの印にならないことは明白だ。

　　11人の子供の中で、マリア・アンナは大人になるまで生きられた、たった6人のうちのひとりだった。彼女の社会的な階級、住んでいた場所、時代の基準からすれば、これは異常なことではない。この種の損失は、保守的な田舎で、抑圧的で清教徒的な「ヴィクトリア朝」の価値観の時代に、セックスや親になることに対してだけは、後世から見れば驚くほど無計画で、実際的で、奔放とさえ言える態度を説明できるかもしれない。

隠しておくべきと考えていることを恥ずかしがらず、一方で、われわれが心配しないような事柄についてはるかに用心深かった。このことに学術的な重要性以上のものがあるとすれば、それは父親の出自の疑わしさが若き日のアドルフに伝わることで、自分の運命は自分で作り、まっとうしていこうという決意を固くしたという点かもしれない。

この父にして……?

　父親についての疑問はともかく、アロイス自身の意志が固かったことには疑いの余地はない。彼は13歳で学校を卒業し、靴職人の見習いとなったが、それに安住していたわけではなかったようだ。5年後の1855年、全国から人材を登用し、役人として育成するという政府の計画を利用して、アロイスは国家公務員となった。こうした目的の追求は、役人としてゆっくり

　オーストリアに点在する小さな村には、渡りの労働者が出入りしていた。彼らは秋の耕起から晩夏の収穫まで、季節に応じて農業に従事した。また、裕福な家では、驚くほど多くの女性が家政婦として暮らしていた。彼女たちは誘惑やセクシャルハラスメント、あるいはさらにひどい行為にさらされた。子供は、こうした人の出入りや秘密の関係の避けられない副産物だった。ウィーンの政府高官が目も向けず、気にもしないような記録は名ばかりのもので、人々は相手の素性を詮索しないことを学んでいた。

少年の頃のアドルフは、常にこのようなしかめ面を見ていたことだろう。非嫡出子であったことが、父アロイスの人生をある意味で形作っていた。

と着実に階段を上っていったことと同様、彼の情熱と決意を示している。

　しかし、この職業が恨みの根源となったのだろうか？　アロイスは決して成功者ではなかった。1892年、彼は税関長という地位に上りつめる。これは中等教育を受けていない者に開かれている一番高い地位だった。栄誉あるポストであり、アロイスがそこに到達したのは尊敬すべきことだが、それは彼のような経歴の持ち主の天井がどれだけ低いかを思い知らせることでもあった。高級官僚の華やかさ、秘書や事務員の群れ、絨毯とシャンデリアに彩られたウィーンの豪華な執務室……それらは、彼のような人物には夢でしかない特権だった。30年以上も勤めていながら、彼は地方から地方へ飛ばされ、その昇進も、着実ではあったが苦痛なほどゆっくりだった。

アロイス・シックルグルーバーは13歳で学校を卒業し、靴職人の見習いとなった。

　その気になれば、アロイスの粘り強さと、やはり昇進に不屈の忍耐力を必要とした息子の粘り強さとの間には類似性が見出せる。だが、彼が息子に伝えたものは、苦い不満だったのかもしれない。不平等を正さなくてはならない――あるいは仕返しさえしなくてはならないという、漠然としているが根深い感覚だ。だが今のところは、アロイスの家庭人としての生活には触れずにおこう。彼は多かれ少なかれ、たったひとりで人生を切り開かなければならなかった。

税官吏の制服に身を包
み、堂々としたアロイス。
しかし彼の役人としての
地位は低いものにとど
まっていた。

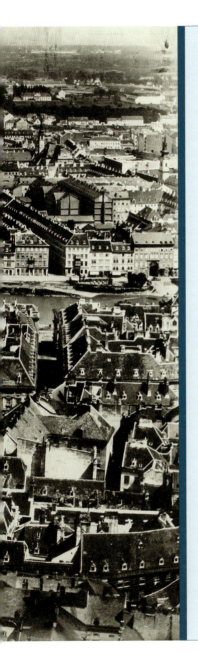

両義的なオーストリア

　地理的にヨーロッパの真ん中に当たるオーストリア
は、現代史の中では力を持った中心地とされてきた。
ハプスブルク家は中世から神聖ローマ帝国を支配し
てきたが、19世紀半ばには、そのことが疑問視され
ていた。まずナポレオン支配下のフランスに、続いて
ヴィルヘルム1世とビスマルクのプロイセンに攻撃さ
れたオーストリアは、徐々にその権威を縮小していっ
た。1867年には、帝国としての力はあったものの、ハ
ンガリー王国と友好を結ぶことになる。その複雑な立
場は「オーストリア＝ハンガリー帝国」という、二重ハイ
フン付きの新たな国名に明らかになっている。
　ウィーンはその後も、豊かで重要な輝かしい都だっ
た。オーストリア人は華麗な帝国の歴史を振り返るこ
とができた。しかし次第に、彼らは北と西に目を向ける
ようになる。そこでは統一されたドイツが急速に力と影
響力を伸ばしていた。
　1888年から皇帝となったヴィルヘルム2世は、国
民に「輝ける時代」を約束した。だが、オーストリア人
にはこうした未来は待ち受けていないように思われた。
ドイツの演説家自身、勇壮な新しい国家に仲間入り
するのを熱望したが、オーストリア＝ハンガリー帝国は
明らかに衰退していた。アロイスが人生の大半を過ご
し、やがて家族をもうけたオーストリア北部では、こうし
た傾向が特に強かった。その周辺では、ウィーンよりも
ドイツのほうがはるかに近かったのである。

家庭人

　アロイスは天涯孤独というわけではなかった。1860年には非嫡出子の父親となっている。だが、その子供がどうなったのか、母親が誰だったかすらわかっていないという事実を見れば、深く永続的な愛着があったとは考えられない。アロイスが初めて結婚したのは1873年、彼が30歳のときで、妻のアンナ・グラスル＝ヘーラーは50歳ですでに病身だった。実際にはアロイスは、出世のために結婚した。妻は税関長の娘だった。結婚に対する彼の態度は、そっけなく事務的なものだったと思われる。アンナとの婚姻契約にはある程度の自由が含まれていると考えていたようだ。彼は最初から妻に不実だった。

　アロイスがより執心していたのは、使用人のフランツェスカ（ファンニ）・マツェルスベルガーで、彼女は1876年にブラウナウ・アム・インのアロイスの家で働くようになった。アロイスはアンナと1880年に正式に離婚し、ファンニと夫婦として暮らしはじめる。しかし、実際に結婚したのは1883年にアンナが死んでから数カ月経った後のことだ。その頃には、ファンニはアロイスの息子を産んでいた。同じくアロイスと名づけられた息子（1882-1956）に続き、7月には娘アンゲラが生まれた。しかし、今度はファンニの体調が急速に悪くなった。1884年8月には彼女も亡くなり、アロイスはまたしても妻を失った。

　独身時代は長く続かなかった。3人目の妻は、1885年1月7日にアロイスと結婚したときにはすでに妊娠4カ月だった。クララ・ペルツル（1860-1907）は、ヨハン・ネポムク・ヒードラー、つまりアロイスの叔父で、父親の可能性もある人物の孫娘だった。この近い血縁関係が、奇怪なできそこないの怪物を生んだとは言えないだろう。ヒトラーの属していた共同体では、それは暴挙ではなかったと思われる。旅や通信が困難だったその時代、ヨーロッパの地方の、比較的小さく孤立した共同体で

［前頁］ワルツ王と呼ばれたヨハン・シュトラウス2世が「美しく青きドナウ」を作曲した1860年代、賑やかで活気あふれる大都市ウィーン。

ヒトラーの義理の兄アロイス・ジュニアは、一時期イギリスのリヴァプールに暮していたが、第一次世界大戦後にドイツに帰国した。

は、男女は手近な相手と交際するのがほとんどで、その結果として結ばれた関係をそれほど詮索することはなかった。

　アロイスとクララの結婚式は平凡なものだった。単なる形式にすぎない。ブラウナウ・アム・インのアロイスの家で短い儀式が行われた後は、みな普通に働いた。主な目的は、5 月に生まれる息子を嫡出子とするためだったに違いない。

　残念ながら、そのときに生まれたグスタフと、妹のイーダ（1886 年 9 月生まれ）は、幼いうちにジフテリアで死に、1887 年に生まれた次男のオットーも同じ運命をたどった。アドルフは 1889 年 4 月 20 日に生まれた。1894 年初頭に生まれた弟のエドムントは、6 年後にはしかで死ぬことになる。アドルフと両

クララの顔が印象的なのは、ひとえに「美しく、感情豊かな」目のおかげだ。しかし息子にとっては、理想的な母性愛の象徴だった。

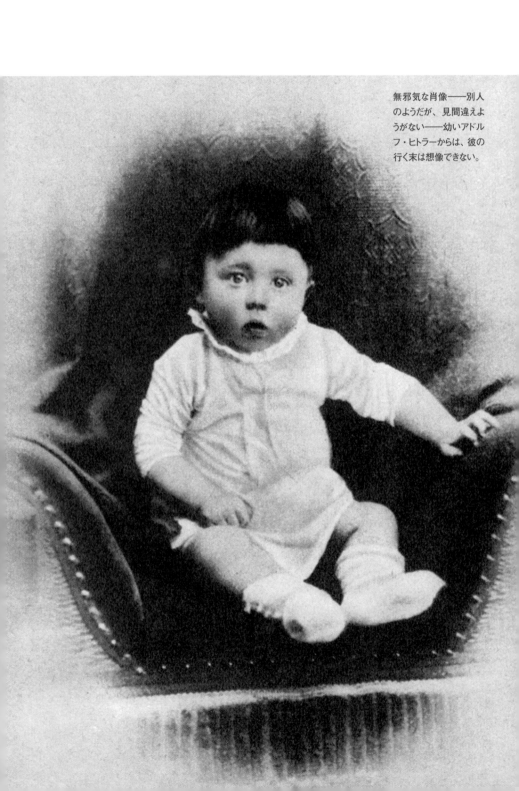

無邪気な肖像——別人のようだが、見間違えようがない——幼いアドルフ・ヒトラーからは、彼の行く末は想像できない。

名誉アーリア人?

「ユダヤ人すべてが彼のようだった
ら、ユダヤ人問題はなかっただろう」
アドルフ・ヒトラーはオーストリアの「ア
ンシュルス（併合）」の関係者にそん
な手紙を書いている。エドゥアルド・ブ
ロッホの治療に対し、患者クララ・ヒ
トラーの息子が抱いた「途方もない
感謝」は、後年正当化された。1938
年、国内で反ユダヤ主義の支配が
強まると、ブロッホはドイツ総統に手
紙で保護を求め、受け入れられた。

　人種差別主義者が個人的な知り
合いを例外とするのは、彼が最初で
も最後でもない。ヒトラーはあらゆる
似非科学的な一貫性をかなぐり捨
て、かつてのかかりつけ医に「高貴な
ユダヤ人」という地位を与えた。この
ように、ユダヤ人全般に対する弾圧
からエドゥアルド・ブロッホを進んで除
外したことを、彼がわずかに見せた贖
罪と見るべきか、最終的解決の大い
なる不合理の証拠と見るべきかはと
もかく、ブロッホとその家族のために

なったのは間違いない。最初は、リン
ツでユダヤ人が襲撃されているとき
に保護され、続いて、同じ共同体の
ユダヤ人が集められ、移送されたとき
にも除外され、1940年には国を出て
聖域であるニューヨークへ行く特別
許可を与えられた。エドゥアルドはこ
の地で、1945年に胃がんで亡くなっ
た。

エドゥアルド・ブロッホとその家族は、ヒトラー
に守られた。

親が同じで、唯一生き残ったのは妹のパウラ（1896-1960）だけだった。この悲しい、立て続けの乳幼児の死は、近親婚に裏打ちされた遺伝的な弱さによるものだろうか？　可能性はあるが、それを言うなら、この時代には乳幼児の死亡率はきわめて高かった。

母親っ子

　この残酷な死別の原因が何であろうと、家族のかかりつけ医がヒトラーをよく知るようになるのは当然の結果だった。エドゥアルド・ブロッホ（1872-1945）は、アドルフの幼少期の経歴についての貴重な情報源であり、クララに関する唯一の情報源でもある。ブロッホによれば、彼女は「地味で、控えめで、親切そうな女性」だった。背は高かったというが、それ以外は、外見にはこれといって特徴はなく「茶色っぽい髪をきつい三つ編みにし」、「長い卵型の顔」の中で「感情豊かな灰青色の瞳」が印象的だったという。

　ブロッホの表現では、クララとアドルフの関係は、母親の側は愛と優しさにあふれ、息子の側は献身的で根深いものだったという。のちに、彼はこう回想している。「外から見れば、彼の母親への愛はきわめて驚くべきものだった。だが、いわゆる母親っ子ではなく、見たことのないほど親密な愛着ぶりだった」後年、クララが病に倒れると、若きアドルフは隣の部屋で寝起きしたとブロッホは語っている。母親自身は気丈にふるまっていたが、彼女の病気は「息子を苦しめていたようだ」。のちに反社会病質の権化とみなされた男も、母が弱り、息を引き取るのを目の当たりにしたときには、共感によく似た感情を見せていたのだ。「痛みのせいで小さくなった母の顔を見て、彼は苦しげに顔を歪めた。彼にできることはほとんどなかった。ときおりモルヒネの注射を打つと、一時的に苦痛は軽減されたが、そ

兄が父にいじめられたように、兄にいじめられたパウラだが、晩年には彼を許したようだ。

れも長くは続かなかった。それでも、その短い解放の時間さえも、彼にはとてもありがたいもののようだった」

常に移住して

　アロイスのような税官吏の暮らしを、ロマンティックだとか冒険的だとは言いがたい。しかし、若い家族はたびたび移住をした。1892年、アドルフが3歳のとき、家族は国境を越えてドイツ（ニーダーバイエルン）に移住した。アロイスはパッサウに赴任する。すでに指摘したように、小学校しか出ていない役人の場合、税関長は最も高い地位だったため、アロイスは30数年にわたり国家公務員を勤め上げたことに誇りを持って当然だった。

　だが、別の見方をすれば、アロイスは非常に長い時間をかけながら、上った地位は比較的わずかだったと言うこともできる。さらに言えば、彼にはそこまでしか行けなかった——そし

1899年の有名なクラス写真。10歳のアドルフは、すでに支配的で自信ありげな存在感を見せている。

て、そのことをわかっていた。一般的な子供が、エネルギーと
希望にあふれた 20 代の両親が作る楽観的な環境で育ったとす
れば、アドルフ・ヒトラーが家庭生活で最初に知ったのは、長
く遅々とした昇進が行き止まりまで来た年配の父親の不満だっ
たろう。

　キャリアを断たれたというアロイスの思いが、ひっきりなし
に住まいを変えた理由なのだろうか？　確かに転勤は多かった
が、彼の家族は必要以上にあちこちを放浪した。彼は 1894 年に
リンツに赴任する前に、パッサウですでに数回引っ越しをして
いたと考えられる。彼がリンツにいる間、クララ、アドルフ、
赤ん坊だったエドムントはパッサウにとどまった。

　毒気に満ちた家庭に違いなかったことを考えると、クララと
アドルフにとって、このことは歓迎すべき息抜きだったと言う
ほかない。アロイスの子育ては、短気で支配的なものであり、
さまざまな恨みをおとなしくて従順な妻にぶつけていたと思わ
れる。

　1895 年 2 月、不幸にも家族はまた一緒になり、ランバッハに
近いハーフェルトに移り住んだ。幼いアドルフは 5 月から学校

アドルフはブラウナウ・
アム・インのこの建物に
あったアロイスの部屋で
生まれた。この歴史的遺
産を取り壊してほしいと
望む者も多い。

総統都市リンツ

オーバーエスターライヒ州の州都リンツは、長いこと独自の重要性を持っていた。世界の焼き菓子で最も古いと言われる、格子状のリンツァートルテ発祥の地にふさわしい町だ。また、中世には神聖ローマ帝国の主要都市として、より伝統的な敬意を払われている。フリードリヒ3世は15世紀にこの地に居を構えていた。しかし、こうした時期はあっという間に過ぎ去ったと言わざるを得ない。リンツは間もなく、大きさにおいても華麗さにおいてもウィーンやブダペストに劣るようになる。しかしリンツは、ある種の壮麗なオーラを保っていた。フンボルト通りのクララのフラットはこの町の中心部にあり、市庁舎が建つハウプトプラッツ（広場）はすぐそばだった。アンシュルス後の1938年3月12日の夕方、この市庁舎のバルコニーから、狂喜した総統はドイツ帝国の始まりを宣言した。

ヒトラーは故郷に対し、大規模な構想を抱いていた。戦争で輝かしい勝利をおさめた彼は、ここを五大「総統都市」のひとつにしようと考えた。その規模と壮麗さによって、彼の栄光を世界に知らしめようとしたのである。産業・経済の成長に促され、都市は2倍の大きさに拡大した。そこには模範的市民が住む華麗な家が並び、競技場や党本部、教育機関（その中には天文台もあり、その天文研究は「カトリック教会の疑似科学」が爆発的に増加するのを後押しした）といった印象的な公共建造物が集まった。

結局、リンツは戦闘によって大規模に破壊された。1944年から終戦までに200回の空襲を受け、1万2000の建物を失った。ヒトラーが学生時代を過ごした家だけでなく、数年後には、ヒトラーの最終的解決の計画を助けたアドルフ・アイヒマンの家も取り壊され、町は戦後の「非ナチ化」に精力的に取り組んだ。過去の調査が行われ、かつては秘密だった記録が公開され、亡くなった人々のための記念碑が建てられた。ヒトラーの遺産は功罪相半ばするものの、リンツは今も魅力的な文化都市であり、今ではニューメディアの中心地として発展している。

［前頁］麗しい町リンツ。この地にヒトラーが誇りを感じるのも納得できる。

に上がった。数週間後、アロイスは引退し、ほとんどの時間を趣味の養蜂に費やすようになった。1897 年、一家はランバッハへ移住。1898 年の初めには市内で転居し、さらに数カ月後にはリンツ郊外のレオンディンクに移り住む。アドルフ・ヒトラーの故郷と言うには、リンツが一番近いだろう。

　しかし、彼らには多くの悲しみが降りかかることとなった。1900 年 2 月、エドムントが息を引き取る。その秋のアドルフの中等学校——リンツの実科学校——への進学も、いいとも悪いとも言えなかった。まだ 10 代でありながら、公的には挫折した父親よりも高学歴ということになるからだ。アロイスは息子への影響力をいっそう強めようとしていた。1902 年頃、彼はアドルフに刺激を与えようとリンツの税関へ連れていった。だが、これはまったくの逆効果だった。

意志あるところに

　アロイスが妻を殴ったのと同じように、子供の頃のアドルフはパウラをいじめた。「第三帝国の恐怖はヒトラー自身の家ではぐくまれた」と、歴史家のフロリアン・バイアルは言う。アロイスと同じ屋根の下で暮らすのが恐怖だったのは異論がないだろう。しかし、父の家庭内での暴君ぶりと、息子がやがて行うことになる国際的で地政的な支配との間の溝は、明らかに大きい。それに、ヒトラー家のような不幸な家庭はどこにでもあった。しかし証言者は、暴力的な抑圧を目の当たりにしたことが、幼い日のアドルフ、とりわけ成長して母親を守らなければならなくなった彼に悪い影響を与えたと口を揃えている。そして、ある程度までは彼も母親を守っていた。無力なクララへの父親の暴力に彼が果敢に抵抗したことは、広く指摘されている。そのことを考えれば、彼は意気地のない人間ではなかったと言える。

　ヒトラーはこうした子供時代の環境から、真の英雄的行為は不屈の抵抗にあると考えるようになったのだろうか？　後年、彼はフリードリヒ・ニーチェ（1844-1900）やマルティン・ハイデガー（1889-1976）らの著作を読んで「意志」の優位性という悪名高い信条を打ち立てた。J・P・スターンが指摘したように、総統はこうした哲学者が隠喩的に押し進めた思想を、愚かにも文字通りに解釈していた。それでも、ヒトラーが彼らの仕事の中で、特にこの面をしっかりとつかんでいたことは興味深い。彼は信念を曲げることができなかった。思春期のはじめに、彼を公務員にさせようとする父に反抗したときでさえそうだった。

　ヒトラーは晩年、今でも画家になりたいと語ったと言われている。それを裏づける実質的な証拠はないが、このことは彼が常に、恐れることなく、アロイスへの服従を拒んでいたことを示している。

学友の絆

　ニーチェとハイデガーから、ルートヴィヒ・ウィトゲンシュタイン（1889-1951）に話を移そう。この有

名な哲学者は、リンツの実科学校でアドルフと同窓だった。年代的に厳密に言えば、ふたりはほぼ同じ時期に在籍していた。1889 年 4 月 26 日に生まれたウィトゲンシュタインは、ヒトラーのわずか 6 日後に生まれた。しかし、早熟だったウィトゲンシュタインは 1 級上に進み、ヒトラーは遅れたため、ふたりはまる 2 学年離れていた。毎日どれくらい顔を合わせていたか、また、何らかの交流があったかどうかは定かではない。単に、面白い偶然だっただけかもしれない。

　キンバリー・コーニッシュは納得していない。彼の論文『リンツのユダヤ人（The Jew of Linz）』（1998）では、ふたりの確執は、ヒトラーの人生と彼の反ユダヤ主義の形成におけるターニングポイントだったと主張している。未来の独裁者が、裕福で

［前頁］一人の生徒を挟んで、未来の哲学者ルートヴィヒ・ウィトゲンシュタイン（後ろから2列目、右から3番目）と未来の総統アドルフ・ヒトラー（最後列、右端）が写っている。

生活空間

　ヒトラーはのちに『わが闘争』で読者にこう呼びかけている。「うっとうしい二部屋からなるある地下の住居に、労働者の7人家族が住んでいるとする。5人の子どもの中には男の子がひとりいる。いま3歳としておこう。このころは、最初の印象が子供の意識にのぼってくるころだ。頭のよい子なら年をとっても、このころの思い出が残っているものである。場所の狭さと過密が、お互いの関係をまずくしている。こうして往々にして争いと不和が起る。人々はいっしょに生活しているのではなく、むしろ押しあって生活しているのだ。（中略）子どもの場合はもちろん、これは我慢できる。かれらはこういう状態ではいつもけんかをするが、互いにすぐにけろりと忘れてしまう。しかしこの争いが両親の間で行なわれ、それもほとんど毎日、内心の下品さを実際に遺憾なくさらけだすと、こういう直観教育の結果は、徐々にではあるがついには子どもたちにも及ばないわけにはいかない。このお互いの不和が、父の母に対する乱暴な暴行の形をとり、泥酔の虐待となってあらわれるときには、それはどうなるか。こういう境遇を

影響力のある地元の名家の子弟であった若きウィトゲンシュタインに対する憎しみの素地を持っていた（あるいは、持っていると考えていた）のは間違いないだろう。それに、ウィトゲンシュタインにユダヤ人の祖父母が3人いたのも本当だ。重要なことだが、母方の祖母はユダヤ人ではない。また両親ともローマ・カトリック教徒だった。

このつながりは興味深いし、20世紀で最も堂々たる個性を持つふたりの潜在的なつながりから何かを見出したいという誘惑に抗うのは難しい。しかし、学年は近かったものの、ふたりが出会ったという証拠はなく、まして同じ教室で学んだり、校庭で喧嘩をしたりした証拠もない。

確かに、距離は遠くても、ウィトゲンシュタインは学校周辺

知らないものには、想像することさえできないのである。6歳になれば、この小さなあわれむべき子どもにも、おとなでさえ恐ろしいと感ずる事態がわかってくる」

アロイスは「労働者」ではないし、彼らの家は「地下の住居」でもなく、家族も7人ではなかったが、我々が知っていることからすれば、この状況はヒトラーの言うようにまったくの仮定とは言いがたい。どの住まいも、クララと子供たちにとっては、家父長的な暴君であるアロイスをやり過ごすだけの広さはなかった。

仮に、ここに挙げたヒトラーの描写を文字通りに受け止めるとすれば、それはひどく厳しいものである。ゲルトルート・カースの言うように「内心の下品さを実際に遺憾なくさらけだす」、「こういう境遇を知らないものには、想像することさえできない」、「おとなでさえ恐ろしいと感ずる事態」といった文章をよく読むと、ヒトラーがより深刻で不吉なものをほのめかしていると感じずにはいられない。人によっては、この文章に子供の性的虐待を読み取っているし、少なくとも父親から母親への「残酷な」暴力があったと思われる。

のちのヒトラーによる地政学的なレーベンスラウム（生存圏）という概念、すなわちドイツは東のスラヴ人の土地に領土を広げ、より多くの「生活空間」を確保する義務があるという考えは、家族と母親に対する子供の恐怖心から来たものだったのだろうか？

で目立つ存在だった。ひとつには学業に秀でていたこと、もう
ひとつは内気で感じやすく、訥々とした話し方のためだ。それ
はしばしば、不愉快なからかいの種になった。だが、彼とアド
ルフ・ヒトラーが実科学校で毎日顔を合わせる明確な理由はな
い。あるいは、ヒトラーがこの頭のいい同窓生を「ユダヤ人」
と知っていたかどうかもはっきりしていない（のちのヒトラー
の民族的基準からすればユダヤ人だが、厳密には違っていた）。
このつながりは行き止まりになったようだ。「語りえないものに

かつての同窓生だった
ルートヴィヒ・ウィトゲン
シュタインは、ヒトラーと
まったく違う道を歩み、
同時代で最も偉大な哲
学者となった。

ついては沈黙せねばならない」というのは、ウィトゲンシュタインの最も有名な言葉だが、ここにもそれが当てはまりそうだ。

頑固さの教育

　ヒトラーの学生時代が本当に彼を形作ったとしても、その理由をひとつの出来事や対立に求めることはできそうにない。おそらくもっと重要なのは、知能は平均的で、学問への集中力と勤勉さは平均以下でありながら、偉大さと栄光を夢見る少年だった彼が、常に大なり小なりの屈辱を味わっていたことだろう。

　父親に反抗するという決意は若きアドルフの中で、(いろいろな意味で) 可能性を開く、賞賛すべきだが結局は当てにならない有害な自信を育てたように思われる。この推測を裏づける直接の証拠はない。しかし、のちに彼の権力が頂点に達し、彼の統率力に最大の危機が訪れたとき、彼が集中力を欠き、最も重要なときに建設的な批判や助言にすら耳を貸すことができなくなった例は数多い。

アドルフと父との確執が最高潮に達していた頃の、レオンディンクのヒトラーの家。彼らはアドルフの将来を巡って対立した。

ドイツ問題

　ヒトラー本人の熱心な証言によれば、リンツの実科学校で彼に影響を与えた人物がいた。それは歴史の教師だったレオポルト・ペッチュ（1853-1942）である。明らかに、思春期の少年の記憶に残る個性を持つ人物だが、その国民性や時代、思い込みの型にはまってもいたペッチュは、オーストリア南部のザンクト・アンドレーに生まれた。しかし彼が最初に教職についたのは、現在のスロヴェニアにあるマリボルで、当時そこに住んでいたドイツ人は「汎スラヴ主義」の意識の高まりに直面していた。

　地元のスラヴ人は自らを、スロヴァキアからロシア、ブルガリアからポーランドを結ぶ、より大きな国民運動の一部とみなしていた。相対的に、スロヴェニアのハンガリー人やルーマニア人といったマイノリティーの間でもルネッサンスが盛んに起った。こうした民族主義の機運は、何十年にもわたり中央ヨーロッパの多くの地域で高まっていた。最も大きな成果は、オットー・フォン・ビスマルク（1815-98）によるドイツ自身の統一だろう。しかし、南部ではスラヴ人が闊歩し、ドイツの支配は深刻な危機に瀕しているように見えた。ペッチュのような誇り高き愛国者にとっては、これは侮辱だった。

　それに対する彼の反応は、ドイツ史とオーストリア史におけるドイツの存在を神話化したことだ。英雄的な言葉でそれを再現し、あらゆる浮き沈みを、国家の自己実現という長大な叙事詩にしたのである。

アロイス・ジュニアは、1970年にダブリン出身のブリジット・ダウリングと結婚し、ヒトラー家をさらに多文化的なものにした。

> ペッチュは英雄的な言葉を使い、オーストリア史におけるドイツの存在を神話化した。

ヒトラーがペッチュの授業で学んだと思っていることが、どこまでペッチュ自身の教えだったか、どこまでヒトラー自身が潤色した歴史的想像なのかを見分けるのは難しい。しかし、彼がこの歴史の授業にインスピレーションを受けたのは間違いない。10年後、彼は『わが闘争』（1925）でこのように回想している。「わたしはこの白髪の人を思いだすと、かすかに感動する。かれはわれわれに火をはくような口調で、しばしば現在を忘れさせ、魔術のように過去につれもどし、無味乾燥な歴史の追憶を、数千年のかすみの衣からいきいきした現実につくりあげるのだった。そのときわれわれは、しばしば強い情熱に力づけられ、しかもときどきは涙を流して聞きいったものだ」

　ペッチュは栄光に満ちた過去を呼び覚ましただけではない。彼はそれを露骨に政治利用し、当時のオーストリアとドイツとの類似点を際立たせた。「この教師は現代から過去を解明し、また過去から現代に対する因果関係をひきだすことを知っていたので、幸福もそれだけ大きかった。さらにまたかれは、他の教師以上に、当時われわれを息もつかせずに駆りたてていた時事問題のすべてについて、説明してくれた。われわれの小さい国家主義的熱狂が、かれにはわれわれを教育する手段となった」

　ペッチュの授業におけるこうしたあからさまな党派心は、現在では衝撃的に思えるが、ヒトラーが少しも動じなかったのは明らかだ。ヒトラーが言う、当時の彼と旧友たちの「熱狂」の、無頓着でおおむね肯定的な姿勢を考えれば、それも驚くことではないのかもしれない。

1900年2月2日、この証明書によって若きアドルフ・ヒトラーはリンツの市民権を保証された。

ロマン主義の胎動

　ドイツの過去をロマン化したのは、ヘル・ペッチュだけではなかった。広義の愛国心は、ヨーロッパ全体のロマン主義運動の特徴であった。啓蒙運動と18世紀の「理性の時代」の、システ

ム化され、系統化される傾向への強烈な反応として、詩人や芸術家は情熱や創造性の中で人間の精神を解放しようとした。こうした創造性の多くは、自然の素晴らしさを深く考えることによって解き放たれた。田舎の風景を揺り籠とみなす感覚から、国家を家ととらえたようだ。

　ドイツでのこの運動の影響は、ゲーテの詩からグリム童話まで、あらゆるところにたどることができる。ヨーロッパ文学に

グリム兄弟は民話の中に、新たな強いドイツ国家の意識を見出した。

ドイツとドイツ語の存在感を示したヨハン・ヴォルフガング・フォン・ゲーテ（1749-1832）は、新たなドイツの誇りを育てるのを助けた。グリム兄弟（ヤーコプ 1785-1863、ヴィルヘルム 1786-1859）は、辺境の孤立した田舎から民話を収集した。伝統に強く根差し、文学的慣習の影響をあまり受けていないこうした民話は、ドイツ文化をある意味「自然な」状態で代表していた。

19世紀における進行形の国家統一は、ハインリヒ・フォン・クライスト（1777-1811）やハインリヒ・ハイネ（1797-1856）らの詩に反映されている。フランツ・シューベルト（1797-1828）やロベルト・シューマン（1810-56）といった作曲家は、その音楽が世界的な賞賛を集めることでドイツの地位を高めただけでなく、詩的な歌詞を持つ歌（リーダー）は、ドイツの文学と神話を世界じゅうに知らしめた。

しかし、これらの作家や音楽家が代表する「愛国心」は、ドイツという祖国と美しい自然、歴史、文化、ドイツ語とそれが生んだ文学に対する基本的な誇りを越えて拡大することはなかった。確かに祖国を愛する誇りはあり、ドイツの作家は「父祖の地」という言葉を堂々と使ったが、当時はまだ、この言葉に愛と信頼と家庭への帰属以上の意味合いはなかった。

ワーグナー崇拝者の覚醒

このときまでは、まだ控えめなものだった——実際には、きわめて理性的なものだった。事情が変わったのは、リヒャルト・ワーグナー（1813-83）がドイツの表舞台に登場したときである。彼の作品は大ざっぱに「オペラ」と呼ばれていたが、彼はそれを「楽劇」とみなしていた。音楽、舞台装置、象徴的なイメージ、そして言葉にどっぷりと浸かり、肉体的な高揚を感じ、感情を爆発させる体験のことである。卓越した才能を持ったこ

リヒャルト・ワーグナーの魅惑的な音楽は、若きヒトラーの心をとらえた。同じように、それに伴う過激な反ユダヤ主義も彼の心をとらえた。

の作曲家は、時代をさかのぼり、古い民間伝承を題材とした。彼は英雄的な戦士、汚れなき姫君、神話の精霊をよみがえらせた。何よりも、そこはゲルマン人の世界で、父祖の地は神話に出てくる聖地とほぼ同じになり、その敵は悪魔的な怪物や小人──すなわちユダヤ人だった。ライプツィヒのユダヤ人街で幼少期を過ごし、作曲家となった当初にユダヤ人に支配されたドイツの音楽界を目の当たりにした頃から、得体の知れない敵意を抱いてきたワーグナーの中では、ユダヤ人に対する偏見がかつてないほどに高まっていた。その憎悪の強さと狭量さは、どれだけ言っても誇張ではない。しかし、彼の作品である『ローエングリン』（1850）、『ニュルンベルクのマイスタージンガー』（1868）、『パルジファル』（1882）、そして連作『ニーベルングの指環』（1876）といった偉大なオペラでは、人種差別的な毒は壮大な音楽に変えられている。それだけでなく、彼の作品は妙に心をつかむのだ。それぞれの歌や場面が次に波及してゆく終わりのないメロディー、不気味なハーモニー、贅沢な管弦楽編成、それらは精神を楽しませるだけでなく、魂を遠い時空へ運ぶのである。

　生で見ると、ワーグナーが意図した通りの（彼は自分の楽劇の台本から背景に至るまで、強い関心を持っていた）圧倒的な効果をもたらした。若く、感受性が強く、明らかに想像力豊かな少年が、これらの作品に魅了された理由もわかる。ヒトラーは『ローエングリン』を初めて観たのは 12 歳のときだと語っている。「わたしは一度でひきつけられた」と、彼は回顧している。「若者の感激は、とどまるところを知らなかった」と彼は言うが、この時ばかりは、耽溺という隠喩も行き過ぎではない。『トリスタンとイゾルデ』（1859）を一度観て人生が変わることもある。ところがヒトラーは、その後数年にわたり、悲恋を最大限に賛美したこの作品を 40 回ではきかないほど鑑賞した。彼はワーグナーとその作品なしには夜も日も明けない状態

だった。彼はこの作曲家のエッセイをむさぼり読み、散漫で声高な文章を本物の哲学として受け止めた。ワーグナーの思想について、彼はのちにこう語っている。「私はそれに親しんだ。人生のそれぞれの段階で、私は彼の思想に戻っていった」

ワーグナーの作品は、若く、感受性の強いアドルフを魅了した。

ヒトラーのワーグナー愛が、彼の反ユダヤ主義を育て、形作る助けとなったのは間違いない。政治的にも影響を与えていた可能性がある。ワーグナーは音楽だけでなく総合的な構想を持ち、全感覚に訴え、芸術的審美眼のあらゆる面を網羅した。ヒ

ワーグナーの『トリスタンとイゾルデ』の終盤のクライマックスでは、愛と死、自己犠牲が恍惚として入り混じっている。

トラーの究極の野望は、政治家として成功するだけでなく、一種の超・座長として、国家全体を上演し直し、指揮し直すことだった。鍵十字章、旗、大規模なパレードを有するナチズムは、単なるイデオロギーではない。それは新たな美学であり、世界への新たな答えだった。

聖家族?

　ヒトラーの信仰心と、それがより広い道徳的・政治的・社会的な信条に占める位置は、いつか熱い議論の中心となってもいいはずだ。それがどこまで彼の考えを形作ったと言えるかは疑問だが、それはそれとして、彼は強いカトリックの教育を受けてきた。

　クララは、当時の基準から見ても信心深いとみなされていた。困惑した護教論者は公平を期して、父親が反教権主義を公言してはばからなかったことを指摘している。しかし、家庭内のこの種の宗教的分裂は、カトリックにはよくあることだった。聖職者の権威に対し、自尊心のある知的な批判者を標榜していても、アロイスは妻が子供たちに宗教的なしつけを施すのを黙認していた。そのため、アドルフは幼いうちに通常の洗礼の秘跡を一通り受け、初聖体拝領と堅信も受けている。

　1903年1月、家族にアロイスの死が訪れる。どれほどの暴君であったにせよ、別れの衝撃は大きかっただろう。その影響を正確に描くのは難しい。その年のアドルフの学校での試験結果からは、彼が新たに解放されて「生き生きと」していたのか、悲しみで落ち込んでいたのかは判断できない。成績不振のアドルフが再び落第し、同級生が進級する一方でもう1年やり直さなければならなかったことに、こうした落ち込みは必要なかった。ヒトラーが勉強に遅れていた理由は、簡単に説明がつかない。フランス語が「不十分」だったことが、愛国心への執着や

学業不振の理由なのだろうか？　もしそうなら、それは生まれ
ながらに知的能力が劣っていた結果なのか、それとも（理解で
きることだが）虐待的な家庭に育った子供の不満から来たのだ
ろうか？　理由はどうあれ、1904年、母親は彼をシュタイルの
実科学校に転校させた。家からは距離が遠いため、彼は下宿し
なければならなかった。それでも成績は凡庸なままだった。

アロイス以後

　ヒトラーは休日には家に帰ることができた。アロイスの死後
に母が引っ越した家は、市の中心部にある驚くほど広くて立派
な家だった。後年、自己神話化を望んだヒトラーは、自分に対

犠牲になったユダヤ人

　ユダヤ人憎悪は、ドイツでは目新しいことではなかった。ほかのヨーロッパ諸国も同
じである。中世には、ユダヤ人は異教徒として迫害された。すなわち「キリストを殺した
者」として。宗教改革以前からのこの偏見を、マルティン・ルター（1483-1546）は熱
心に受け入れ、ドイツのプロテスタント教会の中心に据えた。しかし19世紀に入り、ロ
マン主義的な愛国心が、自意識過剰な近代の「科学的」とされる人種論と親和するよ
うになると、反ユダヤ主義は新たに不穏な方向へ向かっていった。
　クリストフ・マイナース（1747-1810）はその初期の例である。ヨーロッパ啓蒙主義
の産物である彼は人種の違いを、博物学者が動物や植物の種の違いを説明するよう
に、明快かつ公正に説明しようとした。多元発生論者だった彼は、異なる人種はまっ
たく異なる起源を持つと信じていた。科学的とされる取り組みは、往々にして理解力や
厳格な手法という点で不十分なことがある。彼は自らの「客観的な」見解に多くの主
観的仮定を持ち込んだ。

する教育はひどいものだったと主張した。ある程度まではそうだったろう。しかし、アロイスの怒りと苛立ち、そして、それらが引き起こす暴力とそれに伴う不幸は、物質的な貧しさから生まれたものではなかった。役人としての地位は低かったが、アロイスはささやかな遺産を相続していた。そのため、かつては使用人だった妻でも、フンボルト通りに家を構えることができたのである。生前の夫が、妻にさほど金を与えていなかったとしても、死後にはかなりの額を残した。クララと子供たちは、ブルジョアジーとして暮らすことができたのである。

　そして、こうした階級の本物の子息と同じように、ヒトラーも人生の重大な選択に時間をかけることができた。シュタイルにいる間に、卒業して（少なくとも理屈の上では）専門学校に

　そのため、彼はアフリカの黒人はコーカサス人よりも脳が小さいと断定している。同じく、スラヴ人は西ヨーロッパ人よりも「劣った」人種に属すると、自信を持って言い切っている。アジア人と同じように、知的能力がより限られているというのだ。

　マイナースの説は、当時の数多くの「科学的」理論のひとつにすぎない。19世紀後半になるまで、こうした見解は主流ではなかった。それが主流になった大きな理由は、ヨーロッパの植民地計画を正当化する必要に迫られたことである。アフリカの黒人は「神経が太い」ために、文字通り感覚が鈍く、痛みに対する感度が低いというマイナースの見解は、奴隷所有者や鞭をふるう監督者の良心への免罪符だった。しかし、それよりもずっと前から、こうした人種差別の底にある感情は、芸術家や詩人、音楽家による神話的作品の中に存在していた。中でもリヒャルト・ワーグナーの作品に。

　ワーグナーは実際に、ユダヤ人の存在そのものを「ユダヤ人問題」とみなし、その根絶を「最終的解決」と考えていたようだ。ワーグナーによれば、ユダヤ人は「純粋な人類とそのあらゆる高貴さに対する、生まれながらの敵」だという。英雄的行為が過去のものになり、真の愛国心と個人の感情が忘れられた、衰退し堕落した世界で、強欲で、信用ならない、ひねくれたユダヤ人が幅をきかせているとワーグナーは主張している。

進めるだけの成績をおさめたが、彼はクララと家にいるほうが気が楽だと感じた。そして実際、1905 年の後半から 1907 年まではそうしていた。その間、彼はこれといった業績を残していないが、本人は偉大な芸術家として生きていくための準備期間だったと主張している。

［左］ヒトラーがレオンディンクの両親の墓地を訪ねるのは、ナチスの儀式のひとつとなった。

［右］アロイスとクララ・ヒトラーの墓は、ネオナチの重要な聖地となっていたが、2012年、ついに撤去された。

第2章　芸術家の肖像

ヒトラーが永遠の栄光を最初に打ち立てようとしたのは、
戦場ではなく芸術の世界だった。
彼は将来、有名な画家になると信じていた。
挫折という試練を受けた彼は、ひどく苦い思いをすることになる。
しかし同時に、強くなったと言えるかもしれない。

　この間ずっと、ヒトラーの母クララの体調は悪化しつづけていた。彼女は乳がんを患い、疲労と絶え間ない痛みに苦しんでいた。このことで息子は動揺していたに違いない。のちの評判がどうあれ、このときの彼は母親のそばを片時も離れなかった。クララの妹である叔母のヨハンナが近くにいて、彼女の世話をしていた。料理や掃除もこの叔母がやっていた。アドルフはそのため、引き続き芸術家としての栄光への期待と夢をふくらませる余裕があった。思いやりがない？　自分勝手？　それは間違いないが、だからといって怪物だったわけではない。ヒトラーより優れた人間でも、十代の頃には自分のことしか考えられないものだ。

　ひとりで家にいる時間、彼は「勉強」か「芸術的な」瞑想にふけっていた。夜には友人と、劇場やリンツのカフェ、バーなどに繰り出した。ヒトラーの天職の追求は、妙に怠惰にも見える。1907年の夏までには、母の容体は悪化の一途をたどっていながらも、彼自身の計画は成功の一歩手前まで来ているかに見

シュトルムレヒナーという苗字しか知られていない少年が描いた16歳のヒトラー。アドルフに、このクラスメートの半分でも才能があれば。

えた。その年の9月、彼はウィーン美術アカデミーの入学試験を受けるためウィーンへ向かった。

　彼は113人の受験者が80人にまで絞られる一次試験には合格したが、最終的な合格者28人には含まれなかった。感情を抜きにヒトラーの芸術作品を振り返るのは難しいが、アカデミーの判定に異を唱えるのは難しい。絶望的とは言えないが、彼の才能はきわめて限られたものだった。

放浪のアドルフ

　こうした限界は、芸術家本人の頭にはなかった。彼は何年も後になって、不合格となったことは「青天のへきれき」であり、ショックでめまいがしたと回想している。彼には代替案はなかった。アカデミーに落とされるとは本当に思いもしなかっ

ヒトラーがどこへ行くにも持っていた絵具箱。1954年にこれを接収したアメリカ人将校の手紙で、本物と証明されている。

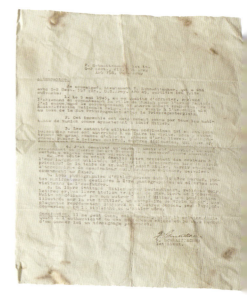

たようだ。傷ついた心をさらに侮辱するように、後日、評価を訊かれた学長は、絵画の分野における彼の力不足を疑う余地はないと答えている。アカデミーの試験官が口にしたのは、彼には建築家の可能性があるかもしれないという点だけだった（現存しているヒトラーの絵の多くは、建物を画題にしている）。ヒトラー自身の告白によれば、彼は実技学校で数学の講師にならないかという誘いを頑として断り、貧しさの中で今度は建築の勉強をすることにしたという。

　諦めの悪いヒトラーは、翌年再び試験を受けたが、傷心と屈辱は二重になった。アカデミーは彼を、いっそう容赦なく扱った。再受験とその不名誉な結果は、ヒトラーの記憶から速やかに消え去った。のちの回想にはそのことは触れられていない。とはいえ、当時は傷ついたに違いない。特に、愛する母の死と時を同じくしていたからだ。クララは1907年12月、彼が最初に試験に落ちてから数週間後に息を引き取った。1908年までには、ヒトラーは人生の慰めをふたつとも失った。そのことが、彼の生涯にわたる野心の始まりにも思える。これから先、どんな世界に行けばよいのだろう？

　答えは簡単だった。いずれにせよ、もしアカデミーに「イエス」と言われれば——というよりも（そう言われるのは当然と考えていたので）「イエス」と言われたときには——彼はウィーンへ行くつもりだった。ヒトラーはすでに、粘り強さの重要性に気づいていた。彼は『わが闘争』でこう書いている。「手には服と下着をいれたトランクを持ち、心には不動の意志をもって、わたしはヴィーンへ行った」彼はその後の数年を「修業と苦難の時代」と呼んだが、これはその新たな章のメロドラマ的な幕開けではないだろうか？　こうした自己脚色的な文章は大げさに感じられるかもしれないが、まったく根拠がないとは言えない。孤独で、自分の収入しか当てにできない新参者として、自活しようと苦しみながら、ヒトラーはアカデミーに期待してい

た穏やかな日常と着実な進歩と比べて大違いだと思っていたに違いない。

オーストリアの国際都市

　ヒトラーはウィーンが、自分が大事にしてきたドイツの都市の理想とはずいぶん違うことに気づいた。多くの民族の坩堝（ヒトラー自身はオーストリア＝ハンガリー帝国を「民族のごった煮」と言うほうを好んだ）で、とてつもなく多様で複雑な帝国だった。ドイツ語は、通りで耳にするたくさんの言語のひとつにすぎず、ハンガリー語、クロアチア語、ルーマニア語、スロヴェニア語、チェコ語という多言語の中から苦労して聞き取らなければならなかった。

　クララの愛情と支えを突然奪われ、静かで落ち着いたリンツのような町から来たばかりのヒトラーが、この都市を威圧的に感じたのも驚くに当たらない。生まれながらのウィーン人は人口の半分以下で、そのことがこの究極の近代都市に広さと匿名性をもたらした。人々は気づかれもせず町を出入りする。全体に、無常とか一過性といった感覚が支配していた。そのために、レフ・トロツキーやヨシフ・スターリンのようなロシアの革命家をはじめ、外国からの亡命者がこの街に惹かれている（彼らがウィーンに住んでいた時期は、面白いことにヒトラーがいた頃と重なっている。しかし、このロシア人とオーストリア人

が会ったという証拠はない）。だが、大都会での成功と世界的な名声にどれほど強いあこがれを持っていても、母親と、ほっとできる安全な故郷が恋しい人物にとっては、この雑多な独自性は決してウィーンの美点ではなかった。

ヘル・ペッチュの教え子にとって、ドイツの言語と遺産が競合するたくさんの文化のひとつにすぎないというのは、大いなる侮辱だった。しかし何より悪いのは、ユダヤ人がかなりの数で、しかも、誰はばかることのない自信を持って存在していたことだった。「あるときわたしが市の中心部を歩きまわっていると」と、ヒトラーは『わが闘争』で読者に告白している。「突然長いカフタンを着た、黒いちぢれ毛の人間に出くわした。これもまたユダヤ人だろうか？　というのがわたしの最初に考えたことだった。かれはリンツではもちろんそのような外見をして

［前頁］画家の才能とその限界を表す1900年代の水彩画。よく描けているが、心を揺さぶらない（そして、奇妙なことに人が描かれていない）情景である。

「人物が少なすぎる」

　　後年、批評家たちは列をなして若きヒトラーの絵をけなした。それも無理もない。彼は決して自分が考えていたような天才ではなかった。それでも、嬉々として彼に報復しようとするうちに、行き過ぎた抗議になっているのではないかという疑念を持たざるを得ない。もっと広く言えば、道徳的な怪物として世界に知られる人物に、ある程度の芸術的才能があったと認めたがらないのは、芸術的インスピレーションとは何かという問題に混乱があることを示している。

　　ヒトラーの作品をただちに切り捨てるのは、適切ではないと言えるだろう。それはこの人物の理解への道と、彼の意識（と潜在意識）への窓を閉ざすことになるからだ。アカデミーの試験官は、ヒトラーの作品に「人物が少なすぎる」と指摘したことで悪名が知られている。彼らはヒトラーが技術的な挑戦を避けていると感じたようだ。だが、現存する作品に驚くほど「人がい

いなかった。わたしはひそかに注意深くその人物を観察した。だがこの見知らぬ顔を長く見つめれば見つめるほど、そしてその特色をさぐるように調べれば調べるほど、ますますわたしの頭の中で最初の疑問が他の表現に変わった。これもまたドイツ人だろうか？」

読書の強化

　この描写に暗示されている反ユダヤ主義と、それが引き出す反語的疑問は、指摘するまでもないだろう。より興味深いのは、この若き主人公の反応だ。
　「こういう場合、わたしはいつものように、この疑問を本から引きだしてみようとしはじめた」

ない」のが本当なら、芸術家の魂のもっと深い、そして恐らく暗い部分に理由があるのではないだろうか？
　また、ヒトラーの「挫折」が、ある程度まで自分で決めたものだったというのも興味深い。ウィーン芸術アカデミーは世界的に有名な学校だ。そこに落ちたことが、この若き芸術家にとって本当に最終的かつ決定的な否定となったのだろうか？　彼の才能には、伸ばしたり改善したりする余地はなかったのだろうか？　このことは恐らく、アドルフが芸術を追求し、ある意味では苦しんでいる間にも、格下の学校で学ぶといった代替案を模索していなかったことを示しているのだろう。明らかに「偉大」でなければ意味がないという考えだ。ヒトラーは自分の運命に疑いを持たなかったし、意志の力だけで栄光をつかむ能力にも疑いを持っていなかった。

「ヒトラー」のサインが入った絵画は、今では10万ドルを越える値がついている。ただし、芸術的価値のためではない。

情報や啓発を「本」に求めるのは賢明なことに思える。まさに賞賛すべきことだ。しかし「疑問」を「引きだす」ために読むのは、ひねくれた行為と言えるだろう。ヒトラーがまさにそうしようとしていたことは、彼が選んだ本に表れている。「わたしは（中略）わたしの生涯ではじめての反ユダヤ主義のパンフレットを買った」と彼は書いている。これが、「修業の時代」を通じての彼の読書への姿勢だったようだ。さらに後年、国家の総統として、壮大な図書館を作ったときの姿勢でもあった。

　パンフレットのほかにも、彼は読むものには事欠かなかった。20世紀初頭に中央ヨーロッパでドイツ語を話す人々は、誰もがそうだった。無名の傍観者に過ぎなくても、若きヒトラーがウィーンに来たときには、胸躍るような劇的な知的革命の真っただ中にいたのである。

この納屋の絵は興味深いと言ってもよい。ウィーンの試験官が、ヒトラーは建築家として成功するかもしれないと思った理由がたやすく見て取れる。

しかし、ワーグナーの例がわれわれに思い出させてくれるように、天才には見苦しい荷物がつきものである。この黄金時代には腐敗した面があり、崇高さと下劣さ、残酷な偏見や憎しみと並外れた美しさが入り混じっていた。この矛盾を説明する最もよい例は、当時の主要な哲学者、フリードリヒ・ニーチェの著作だろう。それは痛快であると同時に乱暴で、危険ですらあると言える。

真実の終わり

「何よりも、私を別の人間と取り違えるな！」ニーチェは『この人を見よ』で、読者にこう要求している。だが、彼は常に誤って伝えられ、誤解されている。実在や認識論（知識の本質）について彼が書いていることの難解さを考えれば、それも驚きではないと言わねばならない。晩年には、ニーチェの放縦な思想は文字通り支離滅裂な狂気に道を譲ったが、その頃には彼本人だけでなく西洋思想も混乱に陥れていた。ニーチェは存在するありとあらゆる哲学に対して、そして、それらが生んだ道徳律に対して、雄弁で、疑いようもなく明らかな侮辱を浴びせた。彼の攻撃は、哲学界全体を焦土と化すほどだった。

オーストリアのウィーン美術アカデミー。ヒトラーの祖国の文化の拠点であり、彼はその堂々とした扉を叩くも、徒労に終わった。

彼はこう問いかけた。すでにわれわれに与えられている——そして同じく、すでに決められている答えからしか生まれない——言葉や思考でしか語れないというのに、実際にどうやって「真実」にたどり着けるのかと。こうして、哲学研究は終わりのない、そして最終的には意味のない堂々巡りだと宣告されたのである。「藪の中に何かを隠して」と、彼は冷ややかに言う。「同じ場所を探して再びそれが見つかっても、そんな『発見』を大して褒めることはできない」

神の死

この洞察は哲学を変えただけでなく、まったく混乱させてしまった。われわれが信じるものが間違っているだけではなく、信じることそのものが間違っているというのだ。「信念は、真実にとって嘘よりも危険な敵である」というニーチェの主張は、論理的には理解できる。しかし、われわれが世界を見る方法としては意味をなさない。こうした混乱に直面したとき、人類は

無力である。徹底的に混乱し、完全に途方に暮れ、世の中の秩序は崩れ去ったように感じられる。「神は死んだ」というのはニーチェの有名な言葉である。われわれの世界、われわれの経験を形作っているあらゆる普遍的な構造は、中身が空だというのだ。物事を適切な場所におさめる権威者がいないのだ。

「神の死」という考えは、決して新しいものではない。それは、少なくとも皮肉な警句の中に昔から存在していた。啓蒙運動と近代科学の登場は「信仰の時代」の確信を根絶やしにした。それを失ったことで、無力な人間は実存的な孤児になった。ニーチェはその考えをさらに進め、さらに記憶に残る言葉で表現した。ショッキングだが胸のすくやり方で不合理を描いたのだ。「悲劇的な笑い」という凄まじい喜劇で。

超人の誕生

　検死官のようにきっぱりと神の死を宣言した後、ニーチェは神としての機能のすべてを「超人」に取って代わらせた。この

ヒトラーのスケッチブックからは、彼が画家という職業を真剣に追い求めていたことがわかる——そして、その才能の凡庸さも。

［上］ウィーンのユダヤ人街で、帽子屋の外で取引する地元の商人。

［下］マリアヒルファー通りで仕事に精を出す行商人。

存在は、かつて「神」が持っていた価値を自らに与えている。彼は純粋な意志の力だけで、何らかの道理をなし、生きる指針となる法を作り、道徳的背景を作るのに必要な意味をその宇宙に与えるのだ。

ニーチェの死後、1908 年に出版された『この人を見よ』は、哲学者の自伝とされており、ニーチェ自身の想像力豊かで知的な成り立ちを説明している。「この人を見よ」を意味する「エッケ・ホモ」という言葉は、「ヨハネによる福音書」（19 章 5 節）でポンテオ・ピラトが、捕われたイエスを人々の前に引き出すときに言った言葉だ。しかし、当時の伝統的な考えを軽蔑していたことから想像できる通り、キリストとその信条に対するニーチェの態度は、長いこと嘲笑に満ちていた。彼の意見では、汝の敵を愛せよ、許しを与えよ、右の頬を打たれたら左の頬を差し出せという福音書は「奴隷の道徳律」にすぎなかった。

陶酔的アイロニー

むろん、ニーチェが語ったことが文字通りの意味だったのかどうかははっきりしていない。「真実」への過激なまでの疑いは、彼の著作すべてを支配する考え方だ。ヒトラーがニーチェの著作の微妙さに苦労したのも責められない。著名な研究者の間でも、今に至るまで彼の真意については議論があるのだから。

ヒトラーの解釈が粗野で単純なものだったとしても、表面だけを読めば、ニーチェの思想が道徳は弱者のためのものであり、力は正義だという考えにつながりかねないのは明らかだ。ニーチェの文体は曖昧なところに魅力があるが、「ムード音楽」とも言われるその文体は、ぞくぞくするほど攻撃的で偶像破壊的だ。若きヒトラーのように、洗練されてはいないがその大胆さと勇壮さを熱狂的に受け入れる読者にとって陶酔感をもたらすことは、たやすく見て取れる。

超人から支配民族へ?

　ニーチェの「超人」という考え方が、一種の自然選択によって優れた男女が支配的地位につくという社会進化論とどのように調和していたかは、さほど苦労しなくてもわかるだろう。こうした考えはチャールズ・ダーウィンの進化論のパロディだ。彼の「適者生存」という考えは、生き延びるのに適した変化をすれば、持続し、反復し、強化する可能性が最も高くなることを示している。しかし一般には、弱肉強食的な競争と誤解されている。

　ニーチェの考えは、オーストリア、ドイツその他で頭角を現していた人種論と一致していた。少なくとも、相似の関係にあるように思われる。つまり、ヨーロッパの白人が「支配民族」であるという主張である。ニーチェ自身は、現存するひとつの民族が、生まれながらにほかの民族よりも「優れている」と主張したことはない（とはいえ、彼の描く「超人」は、肌が白く金髪で青い目をしている）。仮にそうしたとしても、彼は「高貴な種族」を人種ではなく動物になぞらえることのほうが多かった。それはジャングルの捕食者の気品と強さをそなえていると彼は言っている。

　20 世紀最大の怪物的暴君という肩書が、ヒトラーのものであるのは確実だろう（ソヴィエトの独裁者ヨシフ・スターリンはその賛同者だったとしても）。彼の「最終的解決」は残虐な犯罪行為として群を抜いている。しかし、ヒトラーの人種差別的な政策を支えるイデオロギーは、すでに極端だった意見をさらに極端に解釈したものであったとしても、思ったほど例外的なものではない。

アーリア人の大志

　ヒューストン・ステュアート・チェンバレン（1855-1927）は、人種的階級という哲学を誰よりも雄弁に語った。生まれはイギリスだったが、養子縁組と結婚によってドイツ人となった。1908 年、リヒャルト・ワーグナーの娘エヴァと結婚する。しかしその頃には、彼はすでに『19 世紀の基礎』（1899）で人種差別主義者の資格を確立していた。

　この基礎というのは、アーリア人または白色ヨーロッパ人、とりわけ、ノルド人とドイツのチュートン人の民族の知性、才能、機転であると彼は断言している。逆に、これらの基礎をむしばむのが、広く行き渡っているユダヤ人の影響なのだとい

う。文明の物語は、最終的に善（アーリア人）の力と悪（ユダヤ人）の力との対決に向かうだろうと彼は言っている。

［前頁］1910年のウィーンは、世界で最も大きく、多様で、活気に満ちた都市だった。

彼のイデオロギーは、アーリア民族の優れた知性、才能、機転を事実と仮定している。

　当然ながら、すべてを含んだ二元性の半分にするため、チェンバレンの「ユダヤ人」の定義は非常に広かった。例えば中国人も含まれていた。一方、西のステップ地帯から来た肌の白い「アーリア」人が、先史時代の終わりにアジア亜大陸に侵入し、支配的なバラモン階級を作ったという言語学・考古学上の発見に魅了された彼は、驚いたことにインドを除外している。（かくして、彼の支持者の中で人気だったヒンドゥー教由来の卍が、ナチズムの図像学に取り入れられたのである）。

優位性の「科学」

　チェンバレンの意見は、ジョルジュ・ビュフォン（1707-88）、ペトルス・カンパー（1722-89）、そしてドイツのクリストフ・マイナースといった、彼に先駆けた思想家の業績の上に成り立っている。ジョルジュ・ヴァシェ・ド・ラプージュ伯爵（1854-1936）が、それらをさらに押し進めた。流暢で絶対の自信を持ち、目もくらむほどの造詣の深さを見せる著作で、チェンバレンはたちの悪い偏見に「科学」という見栄えをほどこした。
　彼のこの代表作が、「支配民族」の祖国ドイツで爆発的な人気を得ていたら、もっと広く知られていたに違いない。ヨーロッパ諸国はこぞって、この結論に気をよくした。概して、北欧の人々ほどそうだった。『19世紀の基礎』は、イギリスで熱狂的に

受け入れられた。誇り高きアングロサクソン人のエリートたち
は、帝国を築く者としての地位が正当化されたことに喜んだ。
アフリカやインドその他の国を支配する「権利」が保障された
からだ。

　その特権を、主要なヨーロッパ列強は今やさかんに行使して
いた。1884 年のベルリン会議は、無茶な「アフリカ分割」の
始まりを告げた。オーストリア＝ハンガリー帝国と同盟を組ん
だドイツは、アフリカ大陸の東にあるルワンダ、ブルンジ、タ
ンザニアに帝国を作り、南のナミビア、西アフリカのカメルー
ン、トーゴ、ガーナにも広げた。

ヒューストン・S・チェン
バレンの著作は、偏見
に説得力を与えた。ヨー
ロッパの狂信的愛国主
義に、学術的真実とい
う雰囲気を与えたのであ
る。

文明と粗野

　本当の動機は、資源と戦略的能力を手に入れるための競争だったかもしれないが、アフリカ分割は道徳的な正当性を主張した。「暗黒大陸」の先住民が、彼らの住んでいる残虐な動物的世界から脱するには、ヨーロッパの支配、キリスト教への改宗、西洋式の教育が必要だというのだ。ご都合主義のようだが、この主張はヨーロッパの大衆に説得力があった。彼らにとって、アフリカ固有の人々、理解できない言語と慣習、黒い肌、奇妙な風合いの髪などは、驚くほど異質で、言うまでもなく劣ったものだった。

ドイツ人がこのように見えるだろうか？　ヒトラーのユダヤ人に対する疑念は、彼ほど強く感じたり、過剰に発展させたりすることはなかったにせよ、広く共有された。

ヨーロッパとアジア・アフリカとの間のこの対立は、「文明」
と「粗野」、「理性」と「衝動」、「人間」と「動物」との対立の相
似形に見える。そして、少なくとも空想的には、秩序、規律、
男らしい自制心を支える男性的原理と、抑制のきかない感情と
欲望からなる女性的原理との対立とも。

これらの原理は人間の社会・文化の中でせめぎ合っている。
ジークムント・フロイトをはじめとする心理学者が解き明かし
た、個人の心理の中でせめぎ合うように。後から考えれば、精
神分析学者も、潜在意識という未開の地の植民地として見るこ
とができるかもしれない。「イドのあったところに自我をあらし
めよ」とフロイトは言っている。

ムード音楽

ドイツ文化は全体的に、この数十年で豊かな成果をもたらし
ていた。最もわかりやすいところでは、恐らくクラシック音楽
の分野で。リンツ生まれのアントン・ブルックナー（1824-96）
は、ヨハネス・ブラームス（1833-97）が支持した純粋なクラ
シックに対抗し、挑戦した。ブラームスの長大でとりとめのない
交響曲は、深く豊かなハーモニーを特徴としている。ユーゴ・
ヴォルフ（1860-1903）の作品では、強い情感が芸術的な大胆さ
と手を携えている。彼はこの新時代のために、ドイツ語の歌（リード）を
発明した。グスタフ・マーラー（1860-1911）はユダヤ人として
見下されたこともあり、曲が相応の評価を得るのに苦労したも
のの、指揮者としてウィーンの音楽界を率いた。

もちろん、ワーグナーの影響は絶大なものだった。とりわけ、
リヒャルト・シュトラウス（1864-1949）のオペラ、歌曲、交
響曲に影響を与えた。シュトラウスほど、フリードリヒ・ニー
チェの超越した精神を音楽に込めた者はいない。彼の作品は新
作ができるたびに大胆になっていくようだ。1896年、彼はこの

哲学者の傑作『ツァラトゥストラはこう語った』（1891）を基に
した交響詩を発表した。ニーチェはこの作品を「この世で最高
の書物」と主張している。

時代を精神分析する

　ウィーンの精神分析学者ジークムント・フロイト（1856-1939）は、われ
われにはふたつの自己があると言った。ひとつは意識である自我（ラテン
語で「私」）、もうひとつは無意識で、基本的に抑制できないイド（ラテン
語で「それ」）である。イドは完全に本能的なものだ。道徳規範や意識さえ
も介入できない、まったくの欲望である。それぞれの個人の中では、手に
負えない（恐らく近親相姦的な）欲望と、嫉妬による怒りが沸騰していると
フロイトは考えた。抑制のきかない、不合理なこうした怒りは、はなはだ強
情だ。タナトス（死の衝動）の力は、たとえ意識的な理性が押しとどめよう
としても、我々を自らの運命に猛烈に駆り立てる。

　潜在意識には手が届かない。定義上は、患者はそれに気づかないた
め、それについて語ることはできない。だがフロイトはある訓練を開発し、
有能で経験豊富な「精神分析医」が、それを通じて謎を解くことができる
ようにした。これらは発作的に表に出てきたり、夢の中に現れたりするとフ
ロイトは主張する。そして彼は、ある象徴のパターンは解釈が可能だとい
う興味深い説を展開した。それらは、「自由連想法」と呼ばれるプロセス
の中で、ひとりでに出てくるという。自由連想法とは、分析者は受け身に
なり、指示をせず、患者にとりとめなく、思いつくままに語るよう促す方法
である。

ローラーを訪ねる

　ヒトラーが哲学的なものに関心を抱いていた（少なくとも志向していた）ことは知られている。彼の音楽好き、少なくともワーグナー好きは随所に記されている。しかし、この時期に彼が公言していた野心は画家になることで、美術アカデミーに最初

　フロイトの治療法は今も議論の的になっている。彼の説の詳細も同様だ。息子は本当に、潜在意識のレベルで父親を殺し、母親を性的に所有したいと思っているのだろうか？　しかし、この基本的な洞察、すなわち、思慮深く理性的な精神の中に、知られざる、そしてしばしばひどく不穏で有害な欲望があるという洞察は、我々の心の琴線に触れ、今も共鳴しつづけている。

　20世紀初頭のウィーンでは、より広く共鳴したことだろう。美しい建物、贅沢な舞踏会、活気に満ちた夜、美術や文化といった、きらびやかな社会の表側が、貧困や不潔、犯罪、売春という暗い現実を覆い隠していた。優雅で洗練された表のウィーンは、自我が手に負えないイドに頼るように、もうひとつの都市に依存して（そして文化的には、その存在に頼って）いたのだろうか？

ジークムント・フロイトは、潜在意識を残酷なまでに深く掘り下げた。だが、その彼でさえ、アドルフ・ヒトラーの罪を想像できただろうか？

に落ちた後、ウィーンで最初に訪ねたのはアルフレッド・ロー
ラー（1864-1935）だった。亡くなった母の家主マグダレナ・ヘ
ニッシュが、家族ぐるみでつき合いのあったローラーへの紹介
状を書いてくれたのだ。彼女はヒトラーに、あなたは「真面目
な目標」を持った「熱意と野心ある若者」だと保証した。

　この出会いには、計り知れないほどの価値があった。ローラー
はウィーン国立歌劇場の主任舞台デザイナーだったが、さらに
広くウィーンの芸術界の重鎮でもあった。彼は芸術の新たな歴
史を作るのを手助けした。1987年、保守的な批評から自由にな
るため、彼はほかの前衛芸術家や彫刻家とともにオーストリア
芸術家協会を立ち上げたのだ。以来、その組織は「ウィーン分
離派」として知られるようになる。翌年、ローラーはこの運動

ヨーロッパ列強の代表
者はベルリン会議に集ま
り、アフリカを植民地とし
て分割した。

の雑誌『ヴェール・サクルム』（聖なる春）の編集長に任命される。この雑誌は、グスタフ・クリムト（1862-1918）、コロマン・モーザー（1868-1918）、ヨーゼフ・ホフマン（1870-1956）といった主要な芸術家と、ボヘミア生まれのオーストリアの詩人、ライナー・マリア・リルケ（1876-1926）や、ドイツの劇作家アーノ・ホルツ（1863-1929）、ベルギーの劇作家モーリス・メーテルリンク（1862-1949）といった作家の才能をひとつにまとめた。

芸術はもはや独立した存在ではなく、すべてを含む連続的なものだ。

ヒトラーはブルン生まれの芸術家、アルフレッド・ローラーに紹介されることに大きな期待を寄せていた。彼らが出会ったとき（出会っていたとすればの話だが）何があったかはわからないままである。

アントン・ブルックナーの音楽は、ワーグナーの反ユダヤ主義という「重荷」から解放されていたが、それでもヒトラーは「ゲルマン的」な壮大さから、彼の音楽を愛した。

　分離派の作風は、フランスでアール・ヌーヴォーと呼ばれ、ドイツではユーゲント・シュティールと呼ばれた芸術と興味深い類似を見せている。これらすべての流派で重要なのは、あらゆる種類の芸術的試みを特徴とするばかりでなく、さまざまな分野の垣根を払い、その間にある違いをなくすことだった。今でも、ある選ばれたイメージやものを「芸術的」と呼ぶ規範があるが、彼らはあからさまなやり方でこうした規範を壊しながらも、その目的は芸術の重要性をさらに高めることだった。芸術はもはや独立した存在でも、蒐集に限られたものでも、専用の美術館に飾られるものでもなく、すべてを含む連続的なものだ。例えば、『ヴェール・サクルム』のある号（1901 年、第 4

視覚的イメージと言葉の両方を結びつけた表紙の『ヴェール・サクルム』は、ドイツ芸術の新たな旅立ちを表している。

号）では、リルケの詩「早春」が、コロマン・モーザーの装飾的なデザインの版画に刻まれている。これは華やかな挿絵の入った文学なのか、それとも注釈が組み込まれた芸術作品なのだろうか？　絵が先なのか、詩が先なのか？　それとも総合的なデザインなのか？

全体性へ

　2年後、モーザーとホフマンはウィーン工房を設立した。美術と工芸を一体化し、あらゆる面でデザインに取り入れたのである。美術の重要性は、額縁に入れたり台の上に飾ったりするだけにとどまらない。見る者を四方八方から美で包むべきだ。彼らが内装を変えるときには、壁や天井、ドア回りや漆喰の天井デザインだけでなく、壁紙からカーテン、ナイフやフォーク類、薬味瓶に至るまで手がけた。

　ヒトラーのお気に入りの作曲家とは何の関係もないが、オットー・ワーグナー（1841-1918）は有名なデザインに同じ原理を持ち込んだ。それは彼の考えるまったく新しい、芸術的に統合された都市ウィーンのためのデザインだった。この大規模な改革は実現しなかったが、市の地下鉄であるウィーン都市鉄道の駅舎に、ワーグナーが心に抱いていたものの片鱗を見ることができる。隅々まで念入りに計画され、あらゆる細部は全体の「外見」に支配されている。入口の広間、街灯柱、階段の手すりに至るまで。

　コロマン・モーザーのカフスボタンやホフマンの鏡は『ワルキューレの騎行』とは似ても似つかないものに思われるだろう。オットー・ワーグナーの地下鉄が『ジークフリート牧歌』とかけ離れているように思うのと同じように。しかし、こうしたさまざまな芸術家はすべて、同じ芸術的理想を追い求めていたと考えることができる。すなわち「総合芸術」である。

冷笑か、拒絶か？

　それらすべてが示しているのは、若きアドルフ・ヒトラーが芸術の近代主義運動に加わるチャンスに飛びついたに違いないということだ。できることなら、その審美的で民族的な寛容さを

ウィーンの新しい都市鉄道（シュタットバーン）のためにオットー・ワーグナーが設計した駅舎は、都市生活の中心に芸術的原理を持ち込んだ。

全か無か

　アドルフ・ヒトラーが、ついに画家や建築家になる野望を捨てざるを得なくなったとき、彼の頭の中に総合芸術という考えが残っていたのかどうかは想像するしかない。

　芸術における「総合芸術」と、独裁者としてのヒトラーの「全体主義」との間には、想像力に富んだ類似性がないだろうか？ナチズムは単なるイデオロギーではない。ヒトラーは政治的・経済的な権力を操っただけではなかった。彼は国家のあらゆる面に、自分の個性と構想力を焼きつけようとした。ニュルンベルク党大会の壮大なセレモニーから、親衛隊（SS）やヒトラーユーゲント（ヒトラー青年隊）の制服に至るまで、どんな小さなものでも正しくあらねばならなかった。

　しかも「正しい」だけでは駄目で、美しくなければならなかった。少なくとも、ある基準に照らして。のちにアドルフ・ヒトラーの犠牲者のひとりとなった思想家のヴァルター・ベンヤミン（1892-1940）は、「ファシズムは政治を美化する」と述べた（『複製技術時代の芸術』1936年）。

　ゲッベルスはこう言っている。政治とは「最も崇高で包括的な芸術であり、近代ドイツの国策を形作るわれわれは、芸術家になった気持ちである」と。

ヒトラーは新たな社会の隅々にまで、芸術家として目を配った。
このヒトラーユーゲントの子供たちでさえ、ナチらしい「格好」を
しなくてはならなかった。

受け入れただろう。彼はヘニッシュ夫人のアルフレッド・ロー
ラーへの紹介状をありがたく受け取ったようだ。当時、芸術家
を志す者は誰でもそうだったはずだ。ローラーは、ウィーンの
美術界の人間を知り尽くしているだけではなかった。芸術その
ものに対して、驚くほど寛容で包括的な見方を持っていた。ヒ
トラーのような若く希望に満ちた青年にとって、彼はかけがえ
のない師だった。助言や批評の源であり、裕福なパトロンでも
あった。しかし、ヒトラーはローラーのもとを少なくとも３回
は訪ねていながら、何があったか彼の口からは語られていない。

　憶測で言えば、ローラーが通り一遍の激励でヒトラーを追い
払ったというところだが、実際どうだったのかはわからない。
研究者の中には、思い上がった弟子志願者に、ローラーが修業
や重労働を課し、虫のいい成功を期待していたヒトラーはそれ
に嫌気が差したと考える者もいる。だが、ヒトラーが怖気づい
て訪問しなくなったという説もある。それよりも、アルフレッ
ド・ローラーの玄関先まで３度行ってみたものの、恐らく気持
ちがくじけて、ドアをノックする勇気がなかったというところ
だろう。

芸術のための苦悩

　何があったにせよ、ヒトラーは芸術家としての運命を自分の
手に取り戻し、独学で芸術的才能を伸ばそうとした。多少の貯
金もあり、母の家からささやかな仕送りもあったため、飢える
ことはなかった。しかし、決して裕福とは言えなかった。大部
分は進んで自分に課した貧しさだが、現実に貧しいことには変
わりがない。彼は定期的な家賃の支払いに苦しみ、徐々に放浪
の度合いを強めながら、町じゅうの貸間から貸間へと移り、家
主との関係も悪化していった。

　ヒトラーの軌跡は、月日が流れるにつれ、ゆっくりと螺旋を描

ヒトラーが描いたと考え
られる、この1900年代
の理想化した水彩画で
は、恋人たちがこの上な
く牧歌的なアルプスの
風景を楽しんでいる。

いて下降していった。蓄えは減り、目的はいまだ達せられていない。通りすがりの旅行客に半端な絵が売れたようだが、その「成功」は諸刃の剣だった。確かに、有名な建造物をひたすら写実的に描いた絵を好む買い手の趣味は、ヒトラーにありもしない芸術的才能があるように感じさせた。同時に、高所得者向けの絵ハガキにしかならないような作品では、彼の名が広く知られることもないし、技術を飛躍的に伸ばせるわけでもない。それどころか、このことは彼が確立した紋切型の作風をさらに強化することになった。

ヒトラーは宿泊所での暮らしを、若い頃の「最もつらく悲しい」日々だったと描写している。

1909年の冬、ヒトラーはホームレスのための宿泊所に保護を求めていたようだ。翌年2月には、市の北側に当たるブリギッテナウのメルデマン通りの宿泊所に移った。彼はそこに向こう3年間暮らした。このことはのちに、若い頃の「最もつらく悲しい」エピソードとして回想されている。しかし、より自分を美化した回想では「大学の代わり」とも言っている。

ユダヤ人問題

　長く残酷なヨーロッパの反ユダヤ的な歴史の中でも、アドルフ・ヒトラーは独特の邪悪さが際立っている。そこで、彼が邪悪な行為を始める前にユダヤ人とどのような関係を持っていたかについて、歴史家が興味を持つのは当然だろう。そして彼らが、こうした（主に肯定的な）交流に皮肉を感じるのも。

　長い間彼の家だった宿泊所は、元々はユダヤ人の慈善家によって建てられたもので、しばしばヒトラーが口にすることになったスープの接待所もユダヤ人の慈善活動によって運営され

キリスト教社会党の支持者とカール・ルエーガー（中央の髭の男性）。彼はウィーン市長として、反ユダヤ主義を主流に据えた。

ていた。だが、ヒトラーはユダヤ人の気前のよさに恩恵を受けた
だけではない。本物の温かさにもふんだんに浴したようだ。メ
ルデマン通りの宿泊所に住む人々のほとんどはユダヤ人で、何
人もが彼の友人となった。メルデマン通りにいた頃の彼を知っ
ている者は、のちに彼の反ユダヤ主義に驚いた。「ヒトラーはユ
ダヤ人と仲がよかった」ある者は言う。「彼は、ユダヤ人は頭が
よく、ドイツ人よりも結束が固いと言っていた」

　後から考えれば、こうした誉め言葉が、明らかに悪意のこ
もったものに転じる可能性はある。ユダヤ人の頭のよさは「狡
猾さ」になり、彼らの「結束が固い」という事実は、より脅威
的な「種族」への忠誠となる。それでも、こうした特徴づけは
極悪非道なものとはとうてい言えないし、ましてやヒトラーが
最終的に大量殺人まで犯すほどの憎しみを抱くのに十分な道義

グスタフ・クリムトは、ヒト
ラーが「退廃的」と非難
した芸術家たちと同じく
らい過激だった。しかし
作品の人気のために非
難を免れた。

的・感情的根拠になるはずもない。この頃の彼は、周囲のユダ
ヤ人たちと単純な友情を交わしていたと思われる。ジークフ
リート・レフナーとヨーゼフ・ノイマンのふたりは、当時彼と最
も仲がよかった友人と考えられている。職業は銅磨き人だが、
霊的な思想家で知識人でもあったノイマンは、ヒトラーとユダ
ヤ人の生活と文化、反ユダヤ主義について、長く詳細な——そ
して恐らく共感的な——議論を戦わせたとして知られている。
ガリシアからの移民であるもうひとりのユダヤ人、ヤーコブ・
ヴァッサーブルクは、未来の総統とよく朝食をともにしたと振
り返っている。

　彼の社交生活についてはこれくらいにしておこう。若きヒト
ラーが芸術を「職業」としている限りは、ユダヤ人の友情と支
援の恩義を受けていたようだ。サミュエル・モルゲンシュテル
ン、ヤコプ・アルテンベルク、サミュエル・ランツベルガーは、
彼の絵を購入する最も信用のおける画商で、彼のお気に入りの
パトロンだった。ヒトラーは彼らを、キリスト教徒の顧客より
も気前がよくて親切だと思っていたと、彼の同時代人は証言し
ている。

肖像か、模様か？

　近代主義のあげた成果の規模は、ウィーンにおけるポスト分
離派のあらゆる芸術分野に明らかだった。議論の余地もあり、
矛盾しているようでもあるが、それが最もよく表れていたのは
恐らくグスタフ・クリムトの一見単純で型にはまった絵画だろ
う。何世紀もの間、個人の肖像画は美術の見地からすると偶像
的なものだった。古代の教会にとって古い聖人の絵がそうだっ
たように、世俗的な絵画に対して神聖なものだった。専用の美
術館や裕福なコレクターの家の壁に高く掲げられたそれらの絵
は崇高な位置を占め、文字通りの意味でも象徴的な意味でも、

ナチスは、クリムトの最
も有名な主題がユダヤ
系であることには深く立
ち入らなかった。彼らに
とっては、それは「金色
の女性」でしかなかっ
た。

クリムトの有名な「ア
デーレ・ブロッホ＝バウ
アーの肖像」（1907）は、
裕福なユダヤ人実業家
の妻をナチス時代の芸
術的偶像にした。

日常という領域の上にあった。額縁は、簡素か装飾的かを問わ
ず、切り離された外界との区切りとなる。より想像力に訴える、
表現豊かな異世界への「窓」を開くのだ。
　芸術への新たな取り組みが起こした革命の大きさは、グスタ
フ・クリムトの最も有名な作品『アデーレ・ブロッホ＝バウアー
の肖像Ｉ』（1907）を見れば明らかだろう。絵そのものは伝統的
なタイプの、型にはまったものに見えるかもしれないが、本当

の意味で現実から切り離された「未亡人」では決してない。絵画そのものに芸術的なドラマが起こっているのだ。

　われわれが見ているのは裕福な女主人というよりも、燃え立つ黄金の中に浮かび上がった、アラバスターのように白い顔の造形だ。途方もない模様のまばゆさは、複雑かつダイナミックで、単なる「背景」として見過ごすことはできない。人物の背後で渦を巻くような壁紙の模様は、彼女が座る玉座の螺旋を描くような掛け布によって引き立てられ、拡張される。同じく、宝石を飾ったチョーカー、波打ちながらも妙に硬い質感のドレスによっても。ここには明らかな連続性がある。美しい金属細工、象嵌細工、ステンドグラスのような性質は、遠近法が過去のものとなった平坦な塗り方によって、強調される一方だ。どこまでが贅沢な装飾を施した部屋で、どこからがミセス・ブロッホ＝バウアーその人なのだろうか？

混血のミューズ

　どこまでがミセス・ブロッホ＝バウアーの疑いようもない美貌とスタイルと肉感的な魅力で、どこからがそれらを支えるエキゾチックな雰囲気なのだろうか？　エキゾチックであるということは外国人であるということだ。この美しさはアーリア人のものでは決してない。ゲルマン人のようなブロンドではなく黒髪で、不穏な魅力を持つアデル・ブロッホ＝バウアーは、明らかに、そして悪名高くもユダヤ人だった。本当かどうかは定かではないが、彼女とクリムトが愛人関係にあったという噂も、この肖像画にスキャンダラスな神秘性を加えている。それは許されざるセックスだけでなく、人種の交配も暗示している。

　実のところ、分離派の美学すべてが、境界を壊すことや種族の混合を強調することで、一種の創造的な「ラッセンシャンデ（人種恥辱）」の特徴を帯びていた。「清浄」であるべき芸術とい

う水を汚染するのである。どの時点かははっきりしないが、この方法におけるヒトラー自身の見方は変わったようだ。彼は、実際に支持しないにせよ受け入れていた安易な多元論をはねつけたのだ。

　芸術と人種政策の両方における、彼のこの態度の変化を、どこまで当時のウィーンでの体験のせいにできるだろうか？　言い方を換えれば、ユダヤ人街に友人がいて、前衛芸術に加わりたいという憧れを持った、若く、寛容で、自由奔放な若者が、い

悪意ある進化論

　ジャン＝バティスト・ラマルク（1744-1829）は、進化論の提唱者として科学史に特別な地位を築いている。自然の多様性と、異なる種がそれぞれ異なる役割を果たしているのを見て、彼はわれわれが知っている自然は首尾一貫した科学のルールに支配された長い進化の結果だと結論づけた。

　ラマルクの進化論の鍵となるのは、獲得した特徴は次に伝わるということだ。たとえば動物が頭上の葉を食べるために繰り返し首を伸ばすことで、わずかに長くなった首が子孫にも受け継がれる。そして、多くの世代を重ね、キリンのような動物に進化するのである。こうした適応と継承を生体にもたらすメカニズムは、いささか大ざっぱだ。しかし、ラマルク説は直感的に真実に思え、機能への種の（ダーウィンの用語で）「適応」と呼ばれるようになった。

　ダーウィンの自然選択説は、進化のプロセスをもっとうまく説明している。そのため、科学界ではラマルクの考えは無用となった。しかし生物学以外の社会的な研究では、彼の考えは今も想像力豊かな魅力を持っている。社会進化論が、最も優れた個人が社会の中で富と権力の頂点に立ち、それが社会全体の利益になるという大ざっぱな考えであるのに対して、この装いを新たにしたラマルク説はもっと悲観的だ。常に首を伸ばし

かにして異なる人種や、慣習に逆らう芸術の迫害者となったのだろうか？　野心を妨げられたというヒトラーの思いは、芸術と文化への態度にどこまで影響を与えたのだろう？　当時の屈辱（この「闘争」の時期に経験した飢えと貧しさは言うまでもない）が、どれだけその後の彼を駆り立てる怒りの燃料になったのだろう？　そして、彼の頭の中に借りとして残り、その代償をユダヤ人が払うこととなった挫折に、かつてのメルデマン通りの友人たちはどれだけ犠牲となったのだろう？

ていることで、キリンの首が世代を経て長くなり、種の本質が変わるように、態度や生活習慣の選択によって、人間の本質が変わる恐れがあるというのである。

　一口に言えば、贅沢さと自由の泥沼にどっぷりと浸かり、怠け、自己満足することで、社会は「退化」する可能性があるのだ。時とともに、こうした社会に生まれた者は「当然のことながら」道徳的にも肉体的にも弱くなり、勇気や高潔な考えを持たなくなる。言うまでもなく、ラマルク本人は、自分の考えがこのように解釈されるのを認めないだろう。一方、ヒトラーがいかなる意味でも「ラマルク派」であったとは考えられない。だとしても、この説は若きアドルフが心酔したであろう社会思想が、社会の退化や似非科学によって「事実」とされた民族的な堕落論を打ち立てるのに大いに助けとなっただろう。

自分の説が20世紀初頭にどのように利用されたかを知ったら、ラマルクは驚いただろう。

売春、梅毒、偏執症

　若き芸術家が大人になるのを、心の目覚めの処理——もっとあからさまに言えば、初期の性体験を抜きに語れるだろうか？こうした関係が、のちの心理的・情緒的な発達に重要だということを考えれば当然だろう。だがヒトラーの場合、ウィーンで過ごした時期にロマンティックな性生活を送っていた話はまったくと言っていいほど聞かない。もちろん、だからと言って何もなかったことを意味しているわけではない。その点では、興奮に満ちた突飛な推測を妨げるものもないのである。

ダーウィンの「自然選択説」は近代の生物学を一変させたが、それは実にたやすく、しかも、しばしば危険な形に誤解された。

ヒトラーの躁状態と病は、指導者の孤独と合致している。

　繰り返し語られる説に、1908 年のある時点で、ヒトラーは
ユダヤ人の売春婦とセックスをしたというものがある。相手は
彼に梅毒をうつした──それはきっと、歴史における最大の遺
恨だろう。この話に、本来あり得ないことはひとつもない。こ
のような接触がなかった理由もないし、当時のウィーンではあ
りふれた病気だった梅毒に彼がかからなかったという理由もな
い。しかし、それを裏づける証拠もないのである。あるのは明
らかに、因果応報というアピールだ。
　このことはヒトラーの激しい反ユダヤ主義だけでなく、はな
はだしくバランスを欠いた怒りの説明にもなると言う者もい
る。偏執症的な怒りや躁状態を含む精神的退化は、梅毒の後期
の症状としてよく知られている。ドイツの独裁者は、同じく肉
体的な症状も見せていたと考えられる。脳炎、めまい、首の吹
き出物、胸の痛み、動悸などである。
　もちろん、こうした肉体的症状は、梅毒でなくても起ること
がある。精神的症状に別の原因を探すのは、さらに簡単だ。ヒ
トラーの「躁状態」は梅毒後期の症状と合致するが、指導者の
孤独とも合致している。特に、残酷な独裁者が恐怖によって支
配している場合には。晩年の総統の偏執症的怒りは梅毒が原因
かもしれないが、戦争を起こした独裁者が最終的に包囲された
ストレスによるとも考えられる。
　ウィーンに住む若者だったヒトラーが、売春とユダヤ人を結
びつけていたのは間違いない。セックス産業はユダヤ人によっ
て確実に「支配」されていると、のちに彼は『わが闘争』で書
いている。とはいえ、彼に賛同する権威者はいない（そして例
によって、自分の意見に絶対の自信がある彼は、それを裏づけ

る証拠を出そうとしなかった）。ウィーンの街娼の多数をユダ
ヤ人女性が占めていた可能性はある。当時、終わりのないロシ
アのユダヤ人大虐殺を逃れた亡命者は続々とこの町に流入しつ
づけており、彼女たちが生き延びるにはわずかな選択肢しかな

「夜の会話」と呼ばれる
モリッツ・ユングの絵。だ
が、妙に消極的な客を
いいことに、女性が一方
的に話しているようだ。

かった。だが、悪意あるユダヤ人の黒幕が商売を牛耳り、オーストリア社会の道徳力を搾り取ろうとしていたという意見は、事実ではなく反ユダヤ主義の固定観念と言っていいだろう。

ホロコーストの裏に女性が?

　ひとりの女性とのたった一度の関係が、強制収容所での犯罪的な殺戮を引き起こした「原因」だと、一瞬でも信じられるだろうか?　「ユダヤ人の売春婦」の物語は、若きヒトラーにとっては、もっと全般的な道徳観と象徴的な恐怖だったものを、必要以上に文字通りに解釈したのではないかと疑わざるを得ない。女性という性に、若い男性が嫌悪の混じった恐怖を感じるのは、彼が最初ではない。それに、ユダヤ人に深い憎しみを抱くドイツ人も、彼に始まったことではない。数年後『わが闘争』

アルトゥル・シュニッツラーの作品は「ユダヤ人の悪態」としてヒトラーに焼かれたが、ナチズムの土台となった多くの不安を暴いた。

死の願望

「死とはわれわれに背を向けた生の側面だ」ライナー・マリア・リルケは、友人への手紙にそう書いている。つまり、それは遠くにある終末ではなく、常に存在しているのだ。常にあるだけでなく、恐らくごく近くに。19世紀末から20世紀初頭にかけてのドイツ文学に流れる物悲しさはあまりにも深く、死を友にしているかのようだ。

　男も女も、どこかで忘れられることを——ひいては消え去ることを願っていたのだろうか？　彼らは本当に、フロイトの言う「死の欲動」を感じていたのだろうか？　欲望の最も深いところで、自己破壊に憧れた時代だったのだろうか？

で彼は、売春と、それが当時のウィーンにはびこっていた事実をはっきりと軽蔑している。しかし、その存在そのものが侮辱であるというよりも、社会全体と、その中心にあるブルジョアの結婚制度への告発と見ていたようだ。告発文の中で、彼はこう書いている。20世紀のドイツの堕落の「原因」は「第一に、われわれの愛を汚す売春にある」と。

　この「売春」は、行為よりも理念を指していると思われる。それが最もあからさまに見られるのは、ウィーンの裏通りや売春宿ではなく、上流家庭の居間だ。結婚市場は「結合本能の黄金万能主義化」を意味するとヒトラーは書いた。「黄金」^{マモン}とはキリスト教の聖典の中で、過度に重要視され、神のように敬われる富のことだ。当時のブルジョア社会と、その中心をなす結婚や家族制度への、きわめて紋切型の批判である。カール・マルクスは半世紀前に同じようなことを言っている。イギリスのフェミニストで作家のメアリ・ウルストンクラフトは、1790年代に結婚と売春を比較している。

　しかし、ヒトラーはさらに一歩進め、この状況がドイツ民族

にどのような影響を与えるかという新ラマルク主義的な主張を行った。彼は、愛が契約や因習のレベルに引き下げられることは「遅かれ早かれ、われわれの次の世代のすべてのものをだめにしてしまうだろう。なぜなら、自然の感情をもった、力にあふれた子供の代りに、ただもう経済的な都合にかなっただけの、みじめな結果が現われてくるからである」と言っている。

　この愛の商業化と、(ユダヤ人の悪名高き強欲さによる) 国家の精神生活の大規模な「ユダヤ化」とを関連づけることは、反ユダヤ主義者の頭の中では筋が通っている。ヒトラーに関する限り、倫理観と科学なるものとが一体となり、人種を越えた関係は罪深いだけでなく社会的に有害なのである。「血と人種に対する罪とは、この世での原罪であり、その罪に服した人間どもの破滅を示すものである」と、ヒトラーは言っている。

　人種混交が「民族体の梅毒化」を代表したように、梅毒は弱体化したドイツの血管を流れる汚染の象徴となった。

　疫病や流行り病は、何世紀にもわたり人類の生活の一部となっていて、漠然とした感染という考えが確立した。しかし現在、われわれが使う感染の「細菌論」は、まだ比較的新しいものだ。微生物とははっきりと異なる「ウィルス」という考えは、ヒトラー自身よりも後から生まれた。「ユダヤのウィルス」という概念は、今ではひどく嫌悪を感じさせるが、ヒトラーの時代には科学的な響きを感じる者もいたのである。

性的な病

　ジークムント・フロイトは常々、自分が研究し、体系化するずっと前から、詩人は潜在意識の存在に気づいていたと語っていた。いわゆる「フロイト派」の心的イメージ──「男性器的」な蛇や剣、「女性器的」な洞窟や女体のようにうねる景色は、古代の神話や文学にふんだんに出てくる。同じく、彼の言うタナ

トスも、恍惚とした情熱の夢や、性的絶頂を「小さな死」と呼<ruby>プチ・モルト</ruby>
ぶところに表れている。

　だが、セックスと死の密接な結びつきは詩的と言うよりもっ
と不穏なものだった。ブルジョアの結婚観は、ヒトラーを含む多
くの道徳家が認めるように、本質的には偽善だった。女性は慎
ましさと子供のような無邪気さを発揮するものとされ、その夫
は「資産家」であることを期待される。このことは、とりもな
おさずその男性が一定の年齢を重ねており、概してそれに伴っ
て「世慣れた人間」であることを意味する。

　こうした男性は、結婚前の禁欲や「純潔」を期待されてはい

スキャンダルを呼んだ
シュニッツラーの『輪
舞』は、ブルジョア家庭
の中核をむしばむ腐敗
を暴いた。

ない。それはとりもなおさず、下層の女性が、彼らの欲求を満たすために不貞な生活を強いられているということだ。そこには、20世紀初頭のウィーンでひときわ目立つわかりやすい集団、すなわち街娼から高級娼婦まで含めた「プロの」性労働者だけでなく、おだてられ、あるいは脅されてこうした関係を結ばされた数多くの若いメイド、お針子、店員なども含まれていた。

こうした女性たちは、わずらわしくなったり妊娠したりすれば簡単に捨てられたが、上流階級のプレイボーイたちにとっては、より避けがたい危険があった。女性が見た目通りに純潔かどうかを真に知る方法がないということだ。彼女が前の晩に誰のベッドに寝ていたか、知るすべはないのである。

梅毒は危険な病気であるだけではない。それは、誰よりも近くにいる人間を本当に知っていると言えず、愛が人を殺すこともある社会の究極の象徴でもあった。この病気が道徳的な悪と社会の崩壊の最も強力な暗喩になったのは、その流行が尊敬すべき中産階級という心地よい神話を土台から崩したからだった。

巡り巡って……

これは、オーストリアの劇作家アルトゥル・シュニッツラー（1862-1931）が、『輪舞』（1897）で描いた逆説である。この戯曲は当時の社会的・性的なメリーゴーラウンドを描き、悪評を得た。「娼婦と兵卒」、「兵卒と女中」、「女中と若旦那」、「若旦那と若奥様」、「若奥様とご主人」といった一連の場面が、それ以外には見えない触れ合いと関係をたどっていく。その中で、著者は梅毒がうつされている可能性をほのめかす。それは肉体をむしばみ、最後には精神も破壊する。このように、性的な衝動に抗うのは難しいかもしれないが、それは本当に文字通り人間を病

と狂気、果ては死に追いやるのだ。

　この病はそれで終わりではない。先天性梅毒は、汚染された関係にある配偶者や子供に受け継がれ、当時最も尊重された制度、すなわちブルジョア家庭の核心を破壊したのである。

　さらに悪いのは、こうした関係による子供は、生まれながらにして病気の第二ステージにあり、中枢神経を冒されている。発育不全で、病気がちで、精神障害または脳を冒された梅毒の子供たちは、父親の罪が次世代に巡ってきた生ける証である。言葉を換えれば、その症状は新ラマルク主義の退化を「体現」したものに思える。

愛と憎しみ

　男性の性的な情熱が、しばしば男性自身から、不安と憎悪の源と見られるのは不思議なことではない。あるいは、それに火をつける女性の美しさが、愛と同じだけ恐怖をかき立てるのも。ヴァギナ・デンタタ、すなわち、欲望を満たしている最中でさ

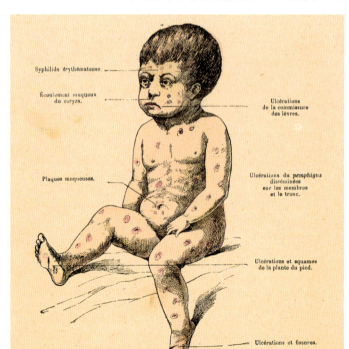

Syphilide érythémateuse.

Écoulement muqueux
du coryza.

Ulcérations
de la commissure
des lèvres.

Plaques muqueuses.

Ulcérations du *pemphigus*
disséminées
sur les membres
et le tronc.

Ulcérations et squames
de la plante du pied.

Ulcérations et fissures.

1883年のフランスのイラストが示すように、遺伝性の梅毒は社会で最も罪のない者を襲った。

え男根を食いちぎる、歯の生えた膣という考えは、19 世紀末から 20 世紀初頭にかけての男性の想像力を絶えず悩ませてきたように思える。しかし、その影響は純粋に性的な範囲を超え、美しく魅惑的なものは同時に恐ろしいという時代の不安にまで及んでいた。温かく歓迎するものにはことごとく恐ろしさと不吉な感覚がついて回り、文明は恐怖の深淵を覆う単なるベニヤでしかないのだ。

梅毒のような病気は、病んだ社会の象徴として深い意味を持っていた。

　この種の苦悩に満ちた葛藤は、文化全体に反映されていたようだ。あらゆるドイツの誇りは、国家の堕落という恐怖に悩まされていた。芸術的な試みはどれも人々を混乱させたようだ。知的な自信は、かつては確実だったものをむしばむかに思えた。心理学的な洞察はといえば、癒しや幸福といった希望を与えるのとはほど遠く、ますます悪い知らせをもたらすかのようだ。

　全体的に言えば、アドルフ・ヒトラーが大人になったウィーンについて考えれば考えるほど、思想や心象や憧憬が、奇妙で不穏な科学的・社会文化的なごった煮となっていた思いを強くする。梅毒のような感染症は残酷で破壊的な現実だが、それは「病んだ」社会の象徴としても深い意味を持っていたのである。

　その病はもはや、道徳に限ったことではない。ヨーロッパ全土にわたり、暗く強烈な予兆が形作られつつあった。大陸は、この上なく深い危機になすすべもなく沈んでいくかに見えた。その地平は、戦争が近づいているという予感に支配されていた。

第3章 .... **前線**

第一次世界大戦での召集は、多くの若者にとって、
退屈な日常生活や失望からの救いとなった。
ヒトラーも例外ではない。
彼は戦闘のスリルと敗戦という幻滅の両方を体験する。
そのどちらも、彼の政治的ビジョンを形作るものとなった。

ヒトラーとドイツは、第一次世界大戦によって決定的に形作られた。彼は二人の同志とともに立っている（**右端**）。

　闇が深まったのは、皇帝ヴィルヘルム2世が皮肉にも自分の帝国を「日の当たる場所」と呼んだ1901年からだ。文字通り、それはアフリカやアジアの植民地の確保を意味していたが、彼が比喩的な意味で使ったのも明らかだ。イギリスのようなほかの列強が、いわゆる「太陽の沈まない場所」に帝国を築いていた時代には、前者の目的は後者にとって不可欠だった。ドイツはヨーロッパ諸国の中で優位を主張するようになり、国民も徐々にそれが正しいと思いはじめていた。

　ほかの国々は、当然のことながら気が気ではなかった。それが高じて、1902年にイギリスは日本と思いがけない同盟を結んだ。このことで、イギリス海軍はより祖国に近い海域に集中できるようになったのである。イギリスとフランスの間では、1904年に前例のない友好協定（英仏協商）が結ばれた。ドイツの脅威は、長年にわたる敵対関係をも陰に追いやったのである。ロ

シアは 1892 年からすでにフランスと独自の協定を結んでいた
ので、1907 年に英露協商が結ばれると 3 つの大国間に「三国同
盟」が生まれた。ドイツ皇帝による臆面もない軍国主義の前で
は、単なる合意では足りなかったのだ。

　オーストリア＝ハンガリー帝国とドイツはすでに同盟を結ん
でいた。彼らはロシア皇帝の領土拡張の野心に懸念を募らせる
オスマン帝国を引き入れようとした。歴史的にトルコを信用し
ていなかったブルガリアは、その上ロシアを恐れていたので、
やはりこの「中央同盟国」に加わった。

ヴィクトリア女王の後ろ
に立つザクセン＝コー
ブルク＝ゴータ公アルフ
レート。その右にいるの
は皇帝ヴィルヘルム1世
（1894）。

戦争への道

　イギリスでは、「カイザー・ビル」の名で知られていたヴィルヘルム 2 世は、ヴィクトリア女王の孫だった。彼はイギリスの流儀全般を称賛し、とりわけイギリス海軍に感心していた。皇帝は 1896 年に祖母の即位 60 年のために行ったドイツの観艦式が貧弱だったことにばつの悪い思いをし、イギリスに追いつくことを決意したと広く言われている。彼はドイツの海軍を強化するという明確な指示の下、アルフレート・フォン・ティルピッツ元帥をドイツ帝国海軍の長に据えた。

　一歩先んじていたとはいえ、イギリスはそれに対抗する必要性を感じた。それがドレッドノート（1906 年就役）である。蒸気タービンで動くこの戦艦は、これまでの戦艦よりも著しく速かった。また、はるかに大きな大砲を搭載することができ、魚雷の射程よりも遠くから敵を狙うことが可能となった。このことで海上戦は一変した。それは同時代の戦艦にみな同じ名前がつけられるほどだった。ドイツも同等の戦艦ナッサウを就役させた（1908 年）。

**　戦争が始まる頃には、ヒトラーはウィーンを離れ、ミュンヘンで画家として身を立てようとしていた。**

　ほかにも各方面で軍備の強化が行われ、ほかのヨーロッパ諸国もエスカレートする軍拡競争に加わった。この時期の公然の秘密のひとつが、シュリーフェン・プランである（ルフレート・フォン・シュリーフェン伯爵がヴィルヘルム 2 世の命によって 1904 年に計画したもので、その後修正された）。これは、東はロシア、西は（中立であるベネルクス諸国を通って）フランス

に、同時に侵攻するというものだった。一度こうした可能性が浮かんでくると、考えないわけにはいかない。連合国はそれに備える必要があった。

　ドイツの軍国主義は、それに応えてさらに国外への拡張を進め、高級将校が政府の中枢に集められた。政府よりも軍が力を持つようになり、戦争は避けがたいと思われた。残るは、いつ起こるかという問題だけだった。

植民地の衝突

　危機一髪の状況は何度かあった。ベルリンは、英仏の友好関係が植民地に与える影響に徐々に警戒を強めていた。1905年3

アルフレート・フォン・シュリーフェンは、断固とした領土拡張主義者として、19世紀後半のドイツの戦略的道筋をつけた。

月、大規模な宣伝活動として皇帝はタンジールを公式訪問し、モロッコ国王に対フランスの支援をすると約束した。パリとロンドンは、この「第一次モロッコ事件」に揃って腹を立てた。2度目の事件は6年後、ドイツがアガディールに砲艦パンターを配備したことである。1911年11月、面子を保つための領土交換が行われ、ヨーロッパでの戦争の脅威はまたしても回避された。ドイツはモロッコから手を引く代わりに赤道直下の領土を手に入れ、以前から保護領としていたカメルーンの領土を拡大した。

ヨーロッパが爆発する……

オーストリア皇太子フランツ・フェルディナントは、オーストリア＝ハンガリー帝国の皇位継承者だった——彼の暗殺によって、ヨーロッパ全体が戦争に傾くまでは。

　これだけ大規模で複雑な国際同盟の問題は、一触即発の事態を引き起こす可能性が多々あることだ。オーストリア＝ハンガリー帝国そのものが大規模で複雑な国際同盟だという事実も、ほとんど助けにはならなかった。結局は、爆発の導火線に火を

徴兵忌避者?

歴史家の中には、ヒトラーがオーストリアの兵役を回避したのをとらえて、のちの軍の指導者としての信頼性を攻撃し、臆病者という正体を暴こうとさえする者もいる。確かに、彼の徴兵回避の正当化——彼は「国家」ではなく「国籍」の寄せ集めであるオーストリア=ハンガリーのために兵役に就くのは気が進まなかったのだ——は、驚くほど大げさに思えるだろう。

だがこのことは、よく知られている彼の考え方と一致している。「臆病者」という非難は、1914年8月に戦争が始まると、すぐさまドイツ軍に入隊したという明確な事実と矛盾する。ヒトラーにとっては、オーストリアを守ることに画家生命をなげうつほどの価値はなかったが、ドイツを守ることにはどんな犠牲でも払う価値があったようだ。

つけたのは植民地ではなく、ヨーロッパ大陸、つまりボスニアのサラエヴォだった。

　スラヴ分離主義者による活動が熱を帯びる中、1914年6月28日、セルビア人の無政府主義者ガヴリロ・プリンツィプはオーストリア皇太子の乗った車を襲撃した。フランツ・フェルディナントの暗殺は「オーストリア最後通牒」を早め、6月28日には同盟国とセルビア、ロシア同盟との間の戦争となった。ロシア皇帝が戦争のために軍を動員すると、フランスもそれに倣った。イギリスはドイツに、ベルギーの中立を尊重すると約束するよう申し入れた。だが、それは実現しなかった。ドイツはシュリーフェン・プランの最新版を実行に移し、8月4日にベルギーに侵攻した。これがのちに言う第一次世界大戦の勃発である。

……そして、ヒトラーは隠れていたのか?

　戦争が始まる頃には、アドルフ・ヒトラーはウィーンを離れ、ミュンヘンで画家として身を立てようとしていた。彼はこのバイエルンの首都に、1912 年の春から暮らしていた。多くの解説者が、彼は主に、不可避と思われたオーストリアの戦争突入から逃げるためここに住んだと信じている。彼がドイツに渡ったいきさつはそれだったに違いない。ただし、1913 年の終わりには、彼はミュンヘン当局に逮捕され、祖国の徴兵委員会に戻された。結果的に、問題はおのずから解決した。ウィーン当局は、彼が医学的に不適切だと判断したのである。彼はミュンヘンに戻り、そこからまたやり直すことができた。

　ドイツ当局の態度はそれより曖昧だ。なぜ彼は、ウィーンでは不適格だったのにバイエルンでは兵役検査に合格したのだろ

このときには群衆の一人にすぎなかった──しかし、すでに見間違いようのない──ヒトラーが、大戦の始まりを祝福している。

うか？　それになぜ、ザルツブルクでの試験に合格しなかった
のに、ドイツへ戻るのを許されたのだろうか？　オーストリア
での新兵募集にはじかれたにもかかわらず、ヒトラーは政府に
手紙を書き、ドイツ軍で兵役に就く許可を求めた。

「最も困難な戦争」

　ヒトラーに兵役に就く覚悟がなかったという非難は当たらな
い。たとえ、最初の戦いは官僚との細部をめぐってのものだっ
たとしても。後から考えれば、彼は紛争全体を英雄的な、ほぼ
神話的と言っていい見方でとらえていた。全ドイツが巻き込ま
れた国家的な闘争だと。彼はのちに『わが闘争』でこう書いて
いる。「1914年の戦いは（中略）大衆に押しつけられたもので
なく、全民衆がみずから要望したものである」

　彼は誰よりもそれを「要望」していた。宗教や情熱的な恋愛
に結びつくような、一種の陶酔した過剰な熱心さで、開戦を体
験していたように思える。

「わたしは今日でもはばかると
ころなくいえることであるが、
嵐のような感激に圧倒され、く
ずおれて、神がこの時代に生き
ることを許す幸福を与え給うた
ことにあふれんばかり心から感
謝した」

　敵に向かって行進する彼の唯
一の「心配」は、好機を逃すこ
とだった。「前線に出遅れないだ
ろうかどうか」と彼は書いてい
る。

1914年のヒトラーの軍
人証は、彼がのちに世
界にもたらしたものでは
なく、その所持者を待ち
受ける恐怖を暗示してい
る。

幼児虐殺

ドイツでは、1カ月にわたるイーペルの戦いは「キンダーモルト」と言われた。これは、ドイツ語の聖書に出てくるヘロデ王の「無辜嬰児虐殺」のことである（『マタイによる福音書』2章16-18節）。

初期の報告では、ドイツ側の戦死者約8000人のうち4分の3までが、若い学生の志願兵だったという。のちの研究は、純真な理想主義者が歌いながら死に向かったというのは誇張だと主張している。とはいえ、こうした神話が生まれるのも理解できる。愛国的な「高揚感」に乗って戦争に突入した国は、イーペルの大地に激しく叩きつけられた。ある意味で「無邪気さ」は失われたのである。

戦火の下で──逐語的な意味で

ヒトラーの心配は杞憂に終わった。バイエルン第16予備歩兵連隊の第1中隊の一歩兵として、ヒトラーは数々の戦闘に参加した。その皮切りは、前線に到着して数週間と経たない1914年8月の第一次イーペルの戦いである。戦闘初日に戦死した者の中には、連隊長であるジュリアス・リスト大佐がいた。以来、バイエルン第16予備歩兵連隊は「リスト連隊」と呼ばれるようになった。

3日間の戦いで生き残ったのは、3600人の中でわずか611人だった。途方もない損耗だったが、それはこれから起こることの前触れにすぎなかった。生き延びた者のひとりがアドルフ・ヒトラーだったが、彼がミュンヘンの友人エルンスト・ヘップに送った手紙を信じるなら、大変な僥倖に恵まれていたと言えるだろう。

「僕たちは4度突撃したが、その都度退却を余儀なくされた。

周りの集団では、立っている者はひとりしかいなかった。やがて、そのひとりも倒れた。銃弾が僕の右袖をかすめたが、奇跡が起こったように、僕はまだぴんぴんしていた。5度目に前進したとき、ようやく森の端と隣接した農場を占拠できた」

　この描写がどこまで正確だったのか、われわれが知るすべはない。だが、ヒトラーがある程度自分を立派に見せていたのは確実だろう。戦いの後、彼は負傷した仲間を助けたことで鉄十字章を受けた。

1915年5月に撮影されたこの写真では、きびきびと職務をこなす兵長ヒトラーが、石畳の道を颯爽と歩いている。

また、階級も一兵卒から兵長となり、伝令兵に再配属された。この昇進が、彼の勇気と戦場での能力を認められたものなのか、それとも上官たちが壊滅状態に陥ったためなのか（あるいはその両方なのか）は、はっきりとはわからない。

戦火の下で──比喩的な意味で

　学術的な意見──当然のことながら、しばしばパルチザンへの憎悪、もしくは（それよりは少ないが）パルチザンへの共感に影響されている──は、これがきわめて危険な任務だったのか、それとも前線の後ろの安全で「楽な」任務だったのかに二分されている。その一面はヒトラー自身が語っている──自己愛的な意図が、このうえなく明確な仕事だと。最も直接的に欺瞞を暴いたのは、トーマス・ウェーバー（『ヒトラーの最初の戦争（Hitler's First War）』2010年）である。ウェーバーはこう

1915年9月にフランスのフルネで撮影されたこの写真では、バイエルン王国第16予備歩兵連隊の伝令兵仲間と一緒のアドルフ・ヒトラー（前列左端）が見られる。

この認識票とカードは、ソンムの戦いで入院することとなった兵長ヒトラーのために発行された。

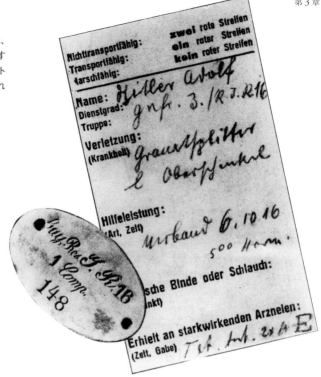

主張する。前線の兵士が耐えた状況に比べれば、ヒトラーが配属された後方部隊は、とうてい地獄とは呼べなかった。反対に「天国」のようなものだった。だとしても、ヒトラーは笑い者になっていたとウェーバーは言う。彼の兵士仲間の手紙には、食料品店で飢え死にするような、役に立たないのろまのことが書かれている。孤立し、仲間にはそっけないが士官にはおべっかを使う。彼を知る前線の兵士にとっては、彼は「後方の豚」であった。歴史上最も恐ろしい戦闘のストレスの下で、さまざまな男たちが余談として何気なく書きつけた証言は、ヒトラー自身の言葉と同様、額面通りに受け取るわけにはいかない。それでもこのことは、ヒトラーの回想をずっと広い視野で見せてくれる。それに、男らしい勇気と友情、互いへの信頼の世界として描かれる軍隊生活のイメージに、疑問を投げかけるのは間

前線の共同社会

過去の柔らかい「ヴェール」から頑として現れた「灰色の鉄カブト」からなる「鉄のような前線」というヒトラーのイメージは、今読むとニーチェやフロイトの時代の興味深い表現に思える。ここでは、本質的に男らしい、あからさまに言えば男根的な意志が、本質的に女らしい、すなわち消極的で形がなく受け身である過去に自らの意図を刻みつけ、形と目的を与えることで歴史が作られる。

「前線」という力は、ヒトラーの描く社会の中心となった。それは軍人の犠牲の上に築かれ、絶対的指導者の意志に支配される社会である。19世紀以降の社会思想家は、ゲマインシャフトへの道を模索していた。抽象的で人工的な構造ではなく、温かく、現実的で、「有機的」な共同社会である。この探求へのナチスの（基本的に現実離れした）貢献は、フロントゲマインシャフト（前線の共同社会）の提唱だった。戦場での価値観と美徳は、戦時下と同じく平時の社会に

も欠かすことができないという考えである（とはいえ、軍国主義者の考えでは、平時は長く続かないものだが……）。

1930年代、ナチの宣伝者ギュンター・ルッツは、前線の「汚物と欠乏」、つまり第一次世界大戦の蛸壺壕や塹壕の中で、いかにして新しいドイツが作られたかを熱狂的に語った。ロマンティックな主張はさておき、フロントゲマインシャフトという考えは、ほかの経験や専門知識のすべてを下位に置く軍国主義的な社会にとって明らかに美徳だった。

このことはまた、表向きは伝統的な階級格差を縦断する社会的団結という感覚を作り上げた。ヒトラーが「国家の息子たち」という地位のために兵士が戦うことについて語ったときにほのめかしたように、このことは（オーストリアからの移住者である彼にとって都合のいいことに）ドイツ国民という身分は献身的な働きによって得られるという認識を確立したのである。

違いない。

　どれほどわれわれの意に沿わなくても、初めての戦闘で砲火をくぐった兵士としてのヒトラーの行動は、少なくとも立派で、恐らく優れたものだったろう。イーペルの戦いで授与された鉄十字章はその証だった。彼が生涯それを身につけていたのも驚くことではない。

　それに、軍人生活の中で、彼が前線の任務に尻込みしたという兆候はひとつもない。その後何カ月にも、さらに何年にもわたる間に、彼はソムで戦闘に参加し、実際に負傷している（1916 年 8 月）。このことで、彼は自分の意に反して前線を退き、治療を受けることとなった。その後、彼は再びアラス（1917 年 4 月 -5 月）やパッシェンデール（1917 年 7 月 -11 月）の戦地に戻っている。そして再び勇気をたたえられ、叙勲する（推薦したのは偶然にもユダヤ人の上官、ヒューゴ・グートマンだった）。休戦に向かう頃の 1918 年 8 月には、ヒトラーはマスタードガスによる攻撃で一時的に失明している。

作られつつある神話

　ヒトラーは認めている。何カ月も、何年も経つうちに、戦争からはかつて彼を魅了した「ロマン」が失われ、彼の言う「恐怖」に取って代わられたと。だとしてもその恐怖は、英雄的な勇気を持ち、超越し、結果として後から理想化されるという逆説的なものだった。

　ヒトラーは有名なイギリスの詩人、ウィルフレッド・オーエン（1893-1918）やジークフリート・サスーン（1886-1967）に続いたわけではなかった。戦争体験は、彼らを辛辣な非難に駆り立て、それは何世紀にもわたり栄光の戦地と考えられてきたものへの、われわれ現代人の態度を形成するのに大きな影響を与えた。オーエンにとって、1914 年から 18 年にかけての「詩」

は、戦争の残虐さに引き起こされた「悲しみの中」にあったことはよく知られている。反対に、ヒトラーの戦争はワーグナー的な壮大さの中にあった。彼は自分自身の苦難を「若き志願兵」から「古兵」になるのに必要な試練とみなしていた。そして、この転換は軍全体で反復されたと考えていた。

「軍隊ははてしない戦闘から老練で頑強になってきた。嵐に耐ええなかったものは、やはり嵐によって粉砕された」

　言い方を換えれば、砲火の下で最も適性のある者だけが生き残るということだ。残酷な進化だが、その結果が「唯一無二の軍隊」だった。それは恐るべき戦闘機械であるだけでなく、伝説の土台でもあった。

「A・ヒトラー、1917」とサインされた、鉛筆と水彩によるこの小品は、フランドル地方の西部戦線で破壊された教会を描いている。

> ヒトラーは自分自身の苦難を「若き志願兵」から「古兵」になるのに必要とみなしていた。

「たとえ数十年すぎようとも、英雄的精神について述べ語るものは、世界大戦のドイツ軍を決して考えないではおられないであろう。さらに過去のヴェールの中から、灰色の鉄カブトからなる鉄のような前線がはっきりと現われ、めげず臆せず、不滅の警告となる。そしてドイツ人が生存するかぎり、かれらにこれがかつて自己の民族の息子であったことを考えるであろう」

野営での友情?

　兵士は常に、仲間と強い絆を結ぶ傾向にある。彼らはそのように仕向けられる。厳しい命令下のチームワークは軍隊には不可欠だ。しかも、彼らはそうせざるを得なかった。平時なら耐えがたいストレスと危険の下、戦場で育まれた忠誠心と友情が特別強くても驚くには当たらないだろう。

　明らかに、戦闘とは残忍なものだ。兵士は敵を殺し、味方が死ぬのを目の当たりにする覚悟をしなくてはならない。心を鬼にし、同情心を抑え、一種の誇張された「男らしさ」を保っていなくてはならない。その男らしさは、(「戦利品」を除く) 女性と距離を置き、女々しさを「他人のもの」とすることである。男同士が結束する友情は結果として、心理学者なら「同性間の結びつき」と呼ぶような関係になりがちである。

　その当然の帰結は、同性愛になるのだろうか?　ヒトラーは仲間を「親愛なる同志」と呼んだ。だが、彼の戦友への愛は、軍人としての連帯感を超えたものだったのだろうか?　ヒトラー兵長に関してはいろいろと不満があった。第一の理由は、矛盾

しているようだが、仲間の兵士が粗野なやり取りをしたり、女性差別的な自慢をしたり、下品な冗談を言ったりするのに、彼が居心地の悪さを感じていたことだ。この手の上品ぶった態度が意味するのはひとつしかないと、多くの兵士が考えていた。学者の中にもそれを支持する者がいる。第二の理由は、同じ伝令兵のエルンスト・シュミットとの、分かちがたく思える友情だ。ふたりは並んで寝ていた。アドルフが「娼婦と寝ていた」と言ったのは、別の兵士仲間であるハンス・メンドだ。ロータル・マハタンは、著書『ヒトラーの秘密の生活』(2001)で、詳細かつ多くの点で説得力のある論を展開している。

　だが、証拠は多くても、極端な状況証拠ばかりだ。ヒトラーは変わっていた。繊細に育てられ、小心で、少し上品ぶっていた。だが、だからといって同性愛者とは言えない。もちろん、そうだった可能性もあるが。直接的な証言はメンドの言葉しかないが、彼は嘘つきで、脅迫者になろうとしていたことが明らかになっている。

　その上、ヒトラーに関してはよくあることだが、この憶測が非常に魅力的なのは、因果応報という考えに訴えるからだ。ヒトラーはパロディと言ってもいいほどの過剰な男らしさを説いている。彼のナチ国家では同性愛者は強制収容所行きだ。彼の後にも先にも、同性愛嫌悪を公言する人の多くが隠れ同性愛者であるように、彼もそうだったと考れば満足かもしれないが、これもやはり事実であるという証拠はない。

2度目の

　クリスマス・イブだ！　闇夜の中、フランスの片田舎に掘られた退避壕の奥深くで、イギリス人の部隊がひとつのチョコレートバーを分け合って祝っていた。リラックスした雰囲気だった。戦争のストレスと恐怖の合間の、つかの間のひととき、彼

同志（カール・リッペルト）の影響は、葉書や絵とともに、私人であるアドルフ・ヒトラーとリールへ行くための公的出張パスに表れている。

らはくつろぎ、疲れを楽しんでいると言ってもよかった。地上の平和だ！　馬鹿げて聞こえるかもしれないが、本当に善意と友情に支配されているように見えた。雪原を越えて、ほんの100メートルほど先の蛸壺壕から、静かなドイツ語の讃美歌が聞こえてくる。「シュティル・ナハト……」イギリス人には「きよしこの夜」として知られる歌だ。

第一次世界大戦最初のクリスマスは、軍事史に残ると同時に神話にもなった。ひとりでに発生した祝祭的な友情と温かさのためだ。この場面は30年後、第二次世界大戦最後のクリスマスにも実現した。このときは「休戦」はなかったが、過去のこだまは避けられない。特に、ヒトラーのアルデンヌ攻勢──ドン・キホーテ的な、突然の予期せぬ攻撃──は、それ自体、第一次世界大戦の再現のように見える。

　1918年3月、ドイツ軍は西のアミアンへ押し寄せ、連合国のふたつの大軍の「継ぎ目」を攻撃した。破れかぶれの最後の一撃だったアルデンヌ攻勢は、急速に崩壊しつつあった東部戦線

友人、あるいはそれ以上の存在だったエルンスト・シュミットを永遠にとどめるため、軍事葉書にアドルフ・ヒトラーが描いた肖像。

から大事な資源を奪う一方、イギリスとアメリカにつらい戦いを強いただけだった。無駄な攻撃であったとしても、示唆に富んでいるのは違いない。敗北に直面したヒトラーは、第一次世界大戦の戦術上のルーツに戻ったのである。

「塹壕からの視点」

　将軍が「常にひとつ前の戦争を戦う」というのは、決まり文句になっている。古い習慣、古い予想、古い前提が、往々にして激しい戦いの末の死につながるのだ。それはヒトラーの統率力に限った問題だったのだろうか？　彼の場合、第一次世界大戦中には司令官ではなく下級歩兵だったことが、事態を複雑にしている。それに、彼はこのことを恥と考えるのとはほど遠く、自分の洞察力と本能に特別な重みが加わったと感じていたようだ。野戦指揮官に権威をふりかざすのではなく、歩兵としての経験を生かした。彼はその場にいたのだ。泥と、欠乏と、不潔さの中に。

ヒトラーは第一次大戦での自身の経験を神話化し、神秘的な意味さえ与えた。

　こうした経験は彼に「将校クラス」のサラブレッドである野戦指揮官にはない視点をもたらした。新しい世界大戦で生まれた伍長よりも民間人のほうが最高指揮官の素質があるという、フリードリヒ・フロム（1888-1945）の悪名高い意見は、明らかに上から目線だ。だが、これまで見てきたように、アドルフ・ヒトラーが第一次大戦での自身の経験を神話化し、神秘的な意味さえ与え、より合理的で現実的な要素を目立たなくしたのは

2949

間違いない。

　歴史は型通りに、ヒトラーとブリッツリーク（「電撃戦」）を結びつける。最新式のテクノロジーと、それがもたらす強さ、スピード、可動性に頼るという、自意識過剰な現代の教義だ。フランス侵攻と（少なくとも初期段階の）「バルバロッサ作戦」は、この哲学を実行に移した模範例だった。しかし、ヒトラーの将軍たちは、総統の「塹壕の視点」にしばしば不満を漏らした。

　彼の電撃戦への美辞麗句は、威勢のよさと無鉄砲さに満ちた過激なものだったが、本来の彼はより静的な軍事行動を好んでいたようだ。しっかりと立ち、最後まで戦い抜く、それが英雄の戦い方だ。それはヒトラーの軍隊がスターリングラードで見せた戦いだった。だが、指揮官たちがそれを戦略的に正しいと考えていたのは、はるか昔のことだった。

[前頁]大戦の塹壕の混乱。そこで彼の、そして、新たなドイツの性格が培われたとヒトラーは信じた。

左端は、第一次世界大戦中の非番を仲間の兵士と過ごすヒトラー。

転機

　大戦は、戦闘員すべてに消えない痕を残したが、そんな彼らもやがては家庭を持つことになる。それはヨーロッパ諸国と大陸、そして世界大戦の名にふさわしく、はるか遠くに至るまで爪痕を残した。戦争体験に深く影響を受け、永続的な人格が形成されたのは、ヒトラーだけではなかった。そして国の中でもドイツだけではなかった。

　だが、自分自身の経験を解釈し、生かした点で、ヒトラーは特別だった。そして、その解釈を祖国に押しつけるだけのエネルギーと才能があった。戦争で大敗を喫したドイツは、他に類を見ないほど裏切られ、犠牲になったと感じ、何かをやり残したという途方もない、無力さとも言える感覚に襲われていた。『わが闘争』に描かれた戦争は、十中八九神話化されたもので、ほとんど重要性はない。大事なのは、ヒトラーが神話を作るのに成功したということだ。ドイツの屈辱、ドイツの恨みと怒りは、最終的に彼を権力の座に就かせた。国家の復讐となる計画を実行するために。

下級兵ながら明らかに英雄のまなざしを持つ、第一次世界大戦で就役中のアドルフ・ヒトラー。

「最大の悪事」

　ヒトラーに深い嫌悪感を与えたのは、負けたという事実ではなくその負け方だった。何カ月もの間、窮地に追い込まれていたドイツは、東のロシアが革命に倒れたおかげで勝利をつかもうとするかに見えた。だが、ヨーロッパの卓越した帝国という地位を固める代わりに、ドイツは本来命がけで国を守らなければならない者たちに売られたのだ。ロシアはユダヤ人とスラヴ人の

社会主義者に乗っ取られて当然だが、ドイツはもっと高潔な運命でなければならなかった。

　ドイツ軍が倒れたとき、ヒトラーは傍観者として脇にいた——彼がこのとき目が見えなかったことを考えると、適切な言い方ではないが（この話は誇張のない真実かもしれないが、象徴的な機能を果たしている。『わが闘争』の説明は、国が崩壊す

途方に暮れて
<small>オール・アット・シー</small>

　1918年のドイツ崩壊を語るヒトラーの言葉は、明らかな怒りと生々しさが印象的だ。しかし、より微妙な部分も面白い。興味深いのは、海軍兵の姿勢への非難だ。彼の不平の中では、水兵たちはユダヤ人の扇動家とひとまとめにされている。ヒトラーはこう書いている。「水兵たちがトラックでやってきて、革命を叫んだ。数人のユダヤ人学生が、わが民族生活の『自由と美と品位』のためのこの闘争の『指導者』だった。かれらのうちひとりとして前線に出たことのあるものはなかった」

　ヒトラーの水兵への敵意には、文字通りの根拠がある。彼らはヒトラーの愛した陸軍の兵士たちと同じ規律に縛られていなかったし、縛られたこともなかった。半工業的な状況でチームワークを行う船乗りたちは、民間人の生活の中でも比較的早く組合化され、海軍とともに「反乱」を起こした。ロシアの戦艦ポチョムキンの乗組員が起こした行動（1905）はロシア革命を促した。1931年には、イギリス海軍がインバーゴードンで一連の反乱を起こした。そして、ヒトラーの文章が示しているように、ニーダーザクセン州ヴィルヘルムスハーフェンで起こったひとつの水兵の反乱が、1918年のドイツの共和国宣言を早めたのである。

　しかしヒトラーにとって歴史的事実は、海上での戦闘員を聖なるフロントゲマインシャフトから締め出す彼自身の象徴化計画とぴったり一致したよう

る瞬間の著者の「アリバイ」を効果的に与えているのだ）。1918
年8月13日の夜、彼の部隊がイギリス軍の毒ガス攻撃に遭い、
仲間の数人が命を落とした。彼は入院したが、その目は「灼熱
した炭火」のように燃え、赤くなっていた。

　だが、病床にまで届きはじめた噂が引き起こした苦悩は、肉
体的な苦しみをはるかに超えるものだったと彼は書いている。

だ。この共同体は、文字通り陸上の前線で戦った者だけに開かれており、
水兵の働きや犠牲は重要ではないのである。

　祖国の最高司令官として、彼が海軍におざなりな態度を取っていたこと
はしばしば指摘されている。しかも、それは不幸なことだった。すべては、こ
れほどの深い偏見から来ていたのだろうか?

戦争終結前に起こったヴィルヘルムスハーフェンの反乱は、ヒトラーの目にはドイツ水兵の非国
民的な性格の表れと映った。

戦争は終わるという噂だ。しかもドイツの勝利ではなく、ゼネ
ストによってである。

敗北と破滅

　大惨事は完成した。ドイツの国家としての威厳はずたずたに
なった。兵士とその家族は、自分たちの犠牲が何にもならなかっ
たという裏切られた気持ちを感じた。「かくしてすべてはムダで
あった」とヒトラーは書いている。
「あらゆる犠牲も、あらゆる労苦もムダだった。はてしなく幾
月も続いた飢えもかわきもムダだった。しかもわれわれが死の
不安に怖れながらも、なおわれわれの義務をはたしたあの時々
もムダだった。その時倒れた 200 万の死もムダだった。祖国を
信じて、二度と祖国に帰らない、とかつて出征していった幾 100
万の人々の墓はすべて開かれてはならなかったのではないか？
墓は開いてはならなかった。そして無言の、泥まみれ、血まみ
れの英雄たちが、この世で男が自己の民族にささげうる最高の
犠牲を、かくも嘲笑にみちた裏切りで、故郷へ復讐の亡霊とし

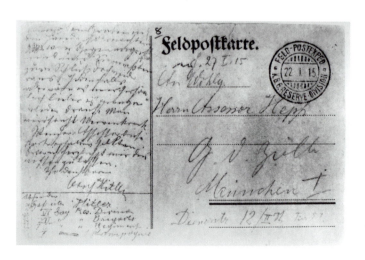

前線を離れての療養
中、アドルフ・ヒトラーは
この葉書を、前線にいる
伝令兵仲間のカール・ラ
ンツハンマーに送った。

て送られてはならなかったのではないか？　こんなことのために、1914 年 8 月と 9 月にかれら兵士たちは死んだのだろうか？」

またしても、彼は血と大地のことを話した。ヒトラーによる事実の神話化に限って言えば、近年の対立は地上戦に限られていた。

そして「1914 年 8 月と 9 月」の兵士たちとは、いったいどういうことなのか？　入隊した兵士なのか、それとも、その後の数カ月から数年の間に流れ込んできた兵士なのか？　ここでも、祖国の海軍の水兵と同じように、ヒトラーはドイツの英雄に列せられる者を絞ろうとしている。明確な説明もなく、後から徴兵された者をけなすことで、ヒトラーは明らかに自分がこの兄弟を作ったひとりだと感じていた。そして彼は繰り返し（自分のような）「古兵」の貢献に特別な賛辞を送っている。同様に、戦争の末期に入隊した者たちについては遠慮なく「大部分価値がなかった」と言い「強化ではなく、戦闘力の弱化を意味した」と言った。

ヒトラーが本気で、後から入隊した兵士の貢献を軽んじ、否定したかったとは考えにくい。彼が最も関心があったのは、古兵の犠牲に半ば神話的な重大さを与えることだった。彼は「ドイツの母親」の立場に思いを寄せる余地も残している。これもまた、神話的な原型だ。

「ドイツの母親たちが当時決して再会しえない悲痛な気持ちで、最愛の若者たちを出征させたとき、かの女たちが祖国にささげた犠牲の意義は、これだったのか？　これらいっさいのことは、いまや一群のあさましい犯罪者の手に祖国を渡さんとするために生じたことなのか？」

結局のところ、ヒトラーにとって第一次世界大戦の重要性は計り知れないものではあったが、その重要性は歴史的な影響ではなく、神話的な力にあったのである。

第4章......政治家としての始まり

歴史的に振り返ってみれば、ヒトラーが権力の座に就くのは
避けられないことだったのがわかるだろう。
戦後のドイツがもっと繁栄し、安定していたら、
彼が乗っ取るのは難しくなっていたに違いない。
それでも、彼は権力の階段を上がるたびに、
非情な狡猾さに頼らなくてはならなかった。
それに、演説者としてのまさに天才的な才能にも。

背後の一突き。ヒトラーの英雄が負けるとすれば、その相手
は祖国が国民として育てた者でなければならない。多くの失望
した国家主義者は、その見方を同じくした。ドイツが戦争に負
けるなんて考えられないと。広範囲なふたつの前線で、西はき
わめて裕福な工業諸国と、東はロシア帝国と4年間にわたる紛
争を戦った困難と犠牲にもかかわらず、ドイツが無敵なのは当
然のことと思われていた。父なる国が亡びるとすれば、それは
子供たちによるものでなければならない。

背後の一突きは、戦後、保守的な意識に断固としてしがみつ
くための神話だった。いつしかこの考えは伝説の英雄ジークフ
リートと結びついた。リヒャルト・ワーグナーが『ニーベルン
グの指環』で生き返らせ、有名になった英雄である。ギリシア
の英雄アキレスに踵という弱点があったのと同じように、ジー

1921年のこの写真で
は、ヒトラーがバルト海に
浮かぶ蒸気船の手すり
の前で威厳ある姿を見
せている。

143

クフリートの不死身の体には、背中の真ん中に1箇所だけ、武器で貫ける小さな場所があった。『神々の黄昏』で、裏切られた彼が暗殺者に攻撃されるのがそこである。

　ユダヤ人と共産主義者は手を組み、油断のならない、恥知らずな、ずる賢い内なる敵となった。生まれながらの国際人で伝統的によそ者であるドイツのユダヤ人は国家という考えを軽蔑し、マルクス主義者はイデオロギー的に異議を唱えた。労働者国家は万国のものであると、カール・マルクス（1818-83）——もちろん、彼自身もユダヤ人である——は主張している。彼の信奉者にとって、近年の戦争行為は資本家のいざこざだった。レーニンは「銃剣とは、ひとりの労働者をその両側に置く武器だ」と言ったという。誰が戦争に「勝った」かが、大衆に何の関係があるだろう？　こうした人々にとっては、国家の逆境はチャンスでしかない。労働組合員は、戦争経済を弱体化させるという最悪のことをした。今、彼らはやりたい放題だ。ドイツは左翼が権勢をふるい、ユダヤ人に支配された共和国となった。そして（恐らく同義として）敗北し、打ちのめされた国となった。

ワイマール精神

　理論上は、うまくいっているように見えた。少なくとも、さほど熱狂的でない傍観者にとっては。戦争屋だったヴィルヘルムの帝国の敗北は、文明と民主主義の勝利だった。1919年1月19日の選挙は、かつてない自由なものだった。あらゆる階級の男性だけでなく、女性も投票ができた。社会民主党は最も多く得票したが、政権を取るだけの数はなかったため、リベラルな民主党、また中央党と連立を組んだ。言い方を換えれば中庸になったということで、よい兆候だった。

ワイマールはベルリンの政治的混乱から安全な距離を取っていた。

　新しい国会は、1919 年 2 月 6 日、ワイマールで招集された。ゲーテの故郷であるこの町が、新たなドイツ共和国の首都に選ばれたのには、れっきとした理由がある。美しい建造物や文学とのつながりのあるこの町は、軍備拡張への欲望に破壊される前の平和な時代にドイツ文明がなしとげたものを思い出させた。また、ベルリンの暴力的な混乱から安全な距離を取っているという利点もあった。国会は邪魔されることなく仕事を進めることが必要だった。憲法を制定し、首相を指名し、組閣し、戦勝国との講和条約を結ばなくてはならなかった。

1919年2月、ワイマール共和国の国会が開かれた。そこからは急速に下り坂をたどることになる。

しかし、見方を変えれば、ワイマールの遠さは無責任とも取れた。善意からの慎みは弱さに見え、連立政権は絶えず妥協しているように見えた。経済政策も期待外れだった。通勤者が給料を手押し車に乗せて家へ持ち帰るという象徴的なイメージは大げさかもしれないが、1921年から4年にかけてのハイパーインフレはただの神話ではなかった。転がるような危機感が支配していた。

トラウマを経て

　ドイツ兵はとりわけ大きな打撃を受けた。ヒトラーのかつての戦友は、一番被害が軽くても、当惑し、混乱した。多くが重傷を負ったり、「戦争神経症」（今のPTSD）に悩まされたりした。一番運がよかった者でも、元の暮らしを取り戻すのは難し

表現主義の行き過ぎか?

　アドルフ・ヒトラーが消えていったことを明らかに知らぬまま、ドイツの芸術界は続いていた。だが、その主題は今や、死や破壊、社会の崩壊といったものになっていた。「もう死はたくさん！　これ以上、死なないで……」ケーテ・コルヴィッツ（1867-1945）は、まだ若い息子のペーターを戦争で亡くした後、こう叫んだ。彼女は息子のために——そして、命を落とした彼の仲間のために、石の彫刻を残した。彼女は悲しみを、苦悩に満ちた芸術の主題にしたのだ。

　彼女に刺激され、新世代のドイツ表現主義の芸術家は、自分たちが見たままをとらえようとした。しかし、マックス・ベックマン（1884-1950）やゲオルク・グロス（1893-1959）といった男性芸術家は、かつて風刺画と言われた技法だけが、自分たちの見た社会を正当に表現できると考えた。「私の絵は私の絶望、憎しみ、幻滅を描いたものだ」グロスはそう回顧している。彼の周囲に大戦が残したものは、彼にスケッチされるの

かった。復員兵特有の精神的な問題は、昔から認識されていた。交戦地帯での生活の後では、かえって平和な暮らしが耐えられなくなる。苦難は終わり、いつ死ぬかわからない恐怖も消えたかもしれないが、深く、取り除けそうにないストレスの名残りがまだ存在していた。少なくとも前線では、苦しんだ兵士は仲間に助けを求めることができる。だが家では、誰にも理解してもらえない。

　しかも、さまざまな点で前線の生活は快適だった。日々指示を受け、一分一秒を管理され、どの兵士にも持ち場があった。古代から、大きな紛争の後は必ず、復員兵が社会に問題を起こした。だが、彼らの精神的な問題の深さと複雑さがわかってきたのは、最近になってからのことだ。

　こうした困難の多くを、ミュンヘンに戻ったヒトラーも体験していた。軍人としての 4 年間は終わった。家もなく、仕事も

をひたすら待っていた。

「私は鼻を失った兵士を描いた。甲殻類のような鋼鉄の義手をつけた傷病兵を。ふたりの衛生兵が、暴力をふるう歩兵を馬用の毛布で作った拘束衣に押し込むのを。(中略) 私は、新兵の制服を着た骸骨が入隊検査を受けるのを描いた」

　オットー・ディックス (1891-1969) が描いた、街角で見かける障害を負ったり手足を失ったりした退役軍人は、社会全体の分断を象徴化している。ヒトラーは結局、これらの芸術を、邪悪で「退廃した」ものであると非難したが、ワイマール共和国の社会の評価は、彼のものとは違っていた。

ケーテ・コルヴィッツの「死んだわが子を抱く女」は、国家の苦しみをとらえている。

なく、はっきりとした目標もない。彼が PTSD その他の精神疾患に苦しんでいたという根拠はない。そうした診断が下せる証拠は残っていない。だが、彼は根無し草だった。ミュンヘンに置き去りにされ、仕事もなく、町に親戚もなく、はっきりした目的もなかった。

目の負傷と同じく、祖国の降伏に失望と嫌悪を感じた彼は、神経衰弱の一歩手前まで来ていた。その点では、彼の苦境が（本人がそう見ていたように）ドイツの苦境を反映していたというのは、さほどこじつけには思えない。『わが闘争』を書いた彼は、一種の象徴的な「すべてのドイツ人」となったのである。

祖国と同じように、ヒトラーも押しつぶされ、大きな不満を感じていた。台無しになった人生を立て直そうという一番大事なときに、自分が進むべき道があまりにも漠然としていたからだ。

「このころわたしの頭の中を際限のない計画がかけめぐっていた。何日間もわたしは、人々はいったいどうすることができるのかと熟考した。だがいつも、いくら考えてもその結末は、自分が無名の人間として、何か目的にかなった行動をとるためのわずかの前提すらももっていなことを、平凡に確認するだけであった」

秘密諜報員

結局、ヒトラーは何もしないことで、自分の活躍の場を見出した。彼は兵士であり、引き続き兵士のままでいた。1919 年 6 月までには軍に復帰したヒトラーは、軍属情報員として諜報活動を命じられた。彼の任務は、ドイツ労働者党（DAP）への潜入調査だった。できてから数カ月の、まだ小さく、目立たない政党だった。創立者はアントン・ドレクスラー（1884-1982）である。彼は DAP の活動のほとんどが集中するミュンヘンで生ま

れ、工具職人や錠前屋として働いていた。文学にも興味があり、詩を書いたが、人生の中心となる仕事はドイツ人の国家を奨励し、ユダヤ人による略奪を非難することだった。彼はジャーナリストのカール・ハラー（1890-1926）という、有能で雄弁な支援者を得た。

　ヒトラーは、これまで見てきたように、すでに比較という側面に沿って考えていた。DAP に入り、指導者と親しくなることは、単なる義務ではなく喜びでもあった。兵士として、新しい意欲をこの党に持ち込んだと彼は言っている。「わたしとしても、それはだめだ、あるいはそれはだめだろう、そんなことをあえてするな、まだそれは危険過ぎる、等々の言葉を忘れてし

反ユダヤ主義的な見解の持ち主であるアントン・ドレクスラーは、ドイツ労働者党を設立したが、ヒトラーの台頭を食い止めるだけの政治的手腕を持っていなかった。

まっていた」そして DAP の党員に、以前よりも「大きなことを考え」させた。彼は彼で、自分でも思いも寄らなかった新しい才能を見出していた。「わたしは演説ができたのだ！」彼は「しびれるよう」な最初の会合で、そのことに気づいた。

　軍の諜報部の上司に報告するという任務は、すぐさま彼の心から消え去った。だが、正確にいつの時点でそうなったのかは明らかになっていない。DAP に送り込んだ諜報員から当局がどんな有益な情報を得られたかを知るのも難しい。スパイとは本来、ひそかで曖昧な仕事だからだ。

1921年のこの写真の、洗練され、指導者然としたヒトラーは、どこから見ても政治家らしい。だが、彼はすぐに、この「ソフトな」イメージを捨てることになる。

ヒトラーの1920年からの
ドイツ労働党員証には、
党員番号555番とある。
だが彼は、並ぶ者のない
ナンバーワンになるまで
止まらなかった。

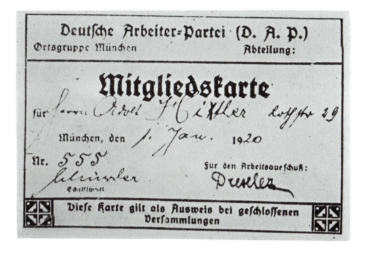

ヒトラーが熱意をもって新しい役割に飛び込んだのは間違いない。彼は間もなく党内の権力闘争に巻き込まれ、やがて党は分裂する。ヒトラーはカール・ハラーの知性を尊敬していたが、経済的なエリート主義には我慢できなかった。ハラーは現実の大衆政党よりも秘密結社のほうに興味があったようだ。ドレクスラーと、彼の友人であるディートリヒ・エッカート（1868-1923）と手を組んだヒトラーは、まもなく国家社会主義ドイツ労働者党（ナチス）と改名される党の拡大に努める。ヒトラーはデザイナーの才能を発揮し、党旗を作った。白い円の中の黒い鍵十字が、鮮やかな赤の背景に描かれた旗である。

始まりは小さいが、希望は大きい

党員わずか 60 人のナチスは、党とは言えなかった。ヒトラーが夢見る大規模な運動とはほど遠い。党を大きく見せようと、党員名簿を 500 番から始めた後も、彼はしばらく党員を増やすのに苦しんだ。彼とヘス、ローゼンベルクは最初からこの党におり、のちに彼の専属弁護士となり、占領下のポーランドの司

法を統括したハンス・フランク（1900-46）も同様だった。

　ヒトラーはこのように回想している。「7時15分に、わたしはミュンヘンのプラッツルにあるホーフブロイハウスのフェストザールにはいっていったが、心臓はほとんど喜びのために破裂しそうだった。巨大な部屋、なにしろ当時のわたしにはまだ巨大に見えたが、その部屋は人で立錐の余地もなかった。ひしめき合った人々はほとんど2000人を数えるほどであった」

　もちろん、その多くは集会を邪魔するために来た共産党員で、実際彼らは邪魔をした。だが、ヒトラーが興奮したことに、彼が長く話せば話すほど、支持者は大胆になり、自信を持ち、まもなくその喝采が左翼主義者のやじを凌駕した。共産主義者の刺客はナチへの転向者に追い払われた。その夜の終わりには、ヒトラーは「運動の原則はドイツ民族の中にはいり込んだのであり、もはや忘却されることがないのだということを」知ったと言っている（カール・ハラーもそれに気づいたようだ。彼はその夜を選んで、離党を申し出た。「自分の」小規模で秘められたドイツ労働者党はもはや存在しないと気づいたのだ）。ヒトラーにとっては、それは真実の瞬間だった。
「ひとつの火が燃え立たされた。この炎熱によって、将来剣がつくられるに違いない。その剣はゲルマンのジークフリードに自由を、ドイツ国民に生命を回復させるはずのものである」

　1918年の「背後の一突き」は、取り消されなくてはならない。

プロパガンダと国民

　ヒトラーはこのささやかな歴史を『わが闘争』に書くとき、ホーフブロイハウスの会合をきわめて重要なものとした。当時は誰もそう思わなかったし、ミュンヘンのマスコミもほとんど注目していなかった。だがヒトラーは現実に取り合わなかった。神話やワーグナー的幻想の世界のほうに慣れ親しんでいた

彼は、圧倒的多数のドイツ人の支持者も同じように考えていると思っていた。だとしても、彼は自分を指導者として運命づけられた者として、国民の上に立ち、彼らを従える立場に置いた。彼は民主主義への軽蔑を隠そうとせず、『わが闘争』のような書物でも公言していた。「大衆の需要能力は非常に限られており、理解力は小さいが、そのかわりに忘却力は大きい」

　国民を指導しようと考える者としては、あまり魅力を感じない見方だろう。だが、ヒトラーがどういう人間かを知るには、このことは不可欠だ。彼は狡猾な悪のカリスマで、雄弁で非情なのは間違いないが、それでは彼の野心の大きさや、最終的に上り詰めた高さを説明することはできない。彼の性格の中で天才に一番近いのは、プロパガンダの重要性を、深く、そして恐らく本能的に理解していたこと――さらに、それがどんな効果を上げるかを知り尽くしていたことだと言ってほぼ間違いない。

1919年以来、初めてフィルムにおさめられたヒトラーは、ドイツ労働者党のデモに向かうところに見える。

そのため、彼は戦時中のドイツのプロパガンダに憤りを感じていた。それはあまりにも控えめで、微妙で、ご丁寧にも両者の落ち度と悲しみを認めようとしていた。反対に、イギリスとフランスのプロパガンダは、一方に「野蛮な」残虐行為を据え、もう一方に連合国の英雄的行為を置くという作り事を一貫して流していた。

　このプロパガンダは行政面だけでなく、大規模な道徳的弱点にも効果を示さなかったとヒトラーは感じていた。このことは、責任を取るべき者の大きな裏切りだった。ヒトラーの独裁を非常に強力にしたのは、伝達手段に精通し、自分自身を進行中のあらゆる出来事の「語り手」にする手腕を持っていたことだ。

オカルティストの選択

　アントン・ドレクスラーとカール・ハラーは、DAPのような「街頭」版の極右政党と、トゥーレ・ソサエティに代表される一般社会から隔絶した世界との橋渡しをした。古代ギリシア神話に出てくる北の国から名づけられたこの団体は、ドイツが北欧のアーリア人に端を発することを祝福している。はるか昔に失われたこの大陸は、アーリア人の起源と信じられているからだ。

　従来の民族学者は、現存するアーリア人は中央アジアまたは西アジアのステップ地帯から来たと（それなりの理由があって）長い間主張してきた。しかし、新世代のドイツの神話は、こうした「東洋の」起源を受け入れることができなかった。彼らは念の入った説を作り上げ、北欧の民族はヒュペルボレアと呼ばれる古代民族の末裔であるとした。この名前は、「北風の向こう側」という彼らの起源を表している。

　馬鹿げているように思えるかもしれないが、戦後にはこうした考えが非常に人気を博した。それもドイツに限ったことではない。しかも、教養のない人々ばかりでなく、その信奉者の中にはアルチュール・ランボー（1854-91）やウィリアム・バトラー・イェイ

復讐のヴェルサイユ

　ドイツの敗北が大衆の士気に与えた影響は壊滅的だった。それまでの苦難を考えればなおさらだ。だが、人々の立ち直りは早く、この災難をいつまでもくよくよと考えることなく、過去のものとして未来に目を向けた。

　しかし、勝利した連合国にとって、こうした回復ぶりは許せなかった。なぜ、（彼らから見た）大侵略国が罰せられないのか？　ドイツは国際的に面目を失ったままでいなくてはならない。そのことは、パリ郊外のヴェルサイユで開かれた新たな講和会議で解決した。

ツ（1865-1939）といった文筆家もいた。文明が水泡に帰したという感覚から、心ある人々の多くは、その代わりとなるものを探したり、オカルトに現実味を見出そうとしたりした。戦争で多くの近親を失ったことで、死者と実際に交流ができると言われる透視術や降霊術への熱狂が育まれた。のちにナチの指導者となる人々の中にも、ルドルフ・ヘス（1894-1987）やアルフレート・ローゼンベルク（1893-1946）など、トゥーレ・ソサエティの活動的なメンバーがいた。ほかにも、サークルの会合に参加したり、演説を行ったりする者もいた。しかし、それにヒトラーが参加していたという証拠はない。

鍵十字を中央に据えたトゥーレ・ソサエティの紋章は、神秘的な信条と暴力の間で不安定なバランスを保つ運動を暗示している。

　1919年1月28日に調印された最終的な条約に、懲罰的な意図があったのはあまりにも明らかだ。ドイツは武装解除し、戦時中の敵国に領土を返還するだけでなく、1300億マルクという多額の賠償金を払うことを命じられたのである。ドイツの厳しい扱いは、連合国の意見の食い違いの結果と言われている。フランス側は（理解できることだが）ドイツを焼け野原のままにしておきたかったが、ほかの国々はもう少し寛容な方針を主張した。

　このことは、道徳的な度量だけでなく実用主義によって決定したと言われている。第一に、ドイツが再び国際社会の一員となるチャンスであり、第二に、平和を保ちつつ努力するための有意義な動機でもあると。だが実際には、この状況では、ドイツが国の再建にどれほど力を尽くしても状況がよくなる望みはない。どれほど決然と前に進もうとしても、終わりのない賠償金の支払いに邪魔をされ、足踏み状態となるだろう。なぜ努力する？　なぜ投資する？　訪れることのない未来のために、なぜ建物を建てる？　ドイツは経済の停滞という泥沼に、すっかりはまることになった。

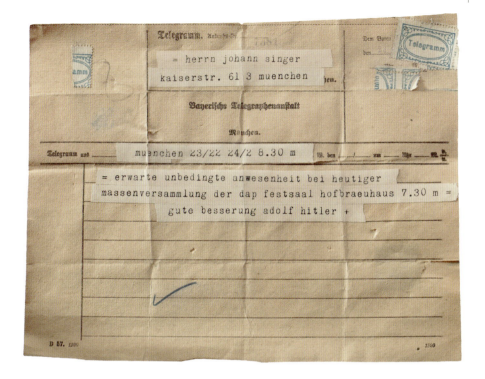

ヒトラーから同じDAPの活動家、ヨハン・シンガーに送られた電報。ホーフブロイハウスでの大集会を調整する内容である。

極端に走る

　ヴェルサイユ条約はドイツにとって、そして当然ながらヨーロッパ全体にとって、大きな災難だったと一般に思われている。しかし、ドイツへの重い賠償金という経済的影響よりも被害が大きかったのは、国の憲法政治を信用できなくなったことである。規律を維持し、中庸で融和的な方向に舵を切っていた党は、結局は同じようなものしか与えられなかった。すなわち貧困と痛みである。こうした上品で中庸な議員たちは、無理な状況で国が義務を果たすために精一杯努力してきたが「弁済政治家」と侮辱された。すなわち、外国のペットだと。

性差の意図

民主主義には必ず限界がある。あらゆる決定に関して、全員の意見を聞くわけにはいかないからだ。人民の、人民による、人民のための政治というのは、実際には限られた範囲でしか実現しない。したがって、民主主義の「意志」と言うとき、我々は大まかな意味で言っているのだ。比喩的な意味ですらある。現代の民主主義は話し合いと、物事を進めたりやり遂げたりするための現実的な必要性との間に、どうにか妥協点を見つけている。

しかし、左翼でも右翼でも極端な主張を持つ人々にとって、民主主義には制限がつきものだというのは、偽善的な嘘でしかない。自由主義と、それが大げさに吹聴する自由を、レーニンが軽蔑していたのはよく知られている。問題は、ブルジョア個人ではなく労働者階級なのだ。それとは対照的に、ヒトラーにとって大事だったのは、ドイツのユーバ・アレス（すべてに上回ること）だった。国民は国に奉仕するために存在するのだ。

左派の反民主主義的エリート主義と、ヒトラーおよび右派が支持する反民主主義的エリート主義との違いはここにある。どちらも「人民」の政治力を総動員しようとした。しかし左派にとって、労働者の集団は男性的なものであった。凶暴だが行き場のない力の源で、指導力によって抑え込み、導かなければならないものだ（そのため党のポスターでは、筋肉隆々のこぶしが振り上げられるのである）。

対照的にヒトラーにとって、民衆は「冷静な熟慮よりもむしろ感情的な感じで考え方や行動を決めるという女性的素質を持ち、女性的な態度をとる」ものだった。家庭における妻や娘のように、彼らは高度で男性的な意志に導かれ、方向を示されなければならない。総統としての彼が最終的に体現したのはこのことだった。後から考えれば、ニーチェ的な「超人」という考えと、古風な家庭的価値観を結びつけるのは非常に滑稽だが、ヒトラーとその追従者には、ぞくぞくするような現実味をもって訴えたのである。

> 事態の改善を待ちきれない国民は、右翼か左翼かを問わ
> ず、手っ取り早い解決に熱心に耳を傾けた。

事態の改善を待ちきれない国民は、まともな政党が、手の届かない政治の地平に有利な約束をするのに失望し、右翼か左翼かを問わず、手っ取り早い解決に熱心に耳を傾けた。社会主義者は、資本主義を粉砕すれば苦しみは終わるだろうと言った。ナチスは自由主義体制と外国の抑圧者に対して立ち上がろうと訴えた。

反ユダヤ主義の提案

もちろん、ユダヤ人は問題のひとつと位置づけられていた。ドイツ人の生活の隅々にわたる悪い存在として。反ユダヤ主義は決して目新しいものではなかった。それは中世にまでさかのぼるヨーロッパの歴史である。それに、やがて来る「最終的解決」という観点から見れば、ここでヒトラーと関連しているのも特に驚くべきことではない。しかし、それは新しい展開に思える。ウィーン時代の彼にユダヤ人の友人がいたことを、過度に重視すべきではないだろう。そのことは、当時の中央ヨーロッパでは普通だった偏見と両立できるからだ。だとしても、このときに入り込みはじめたユダヤ人憎悪が、ヒトラーの政治思想の中心にあったという証拠はない。

1920 年初頭のヒトラーの発言の中には、過去のスケープゴートが再登場している。古臭い固定観念に、近年の人種論やイデオロギー、経済の発展という修正をほどこして。ヒトラーとナチスにとって、ユダヤ人は世界主義の権化だった。根無し草であるばかりでなく、とことん強欲だ。ある程度までは、片方の

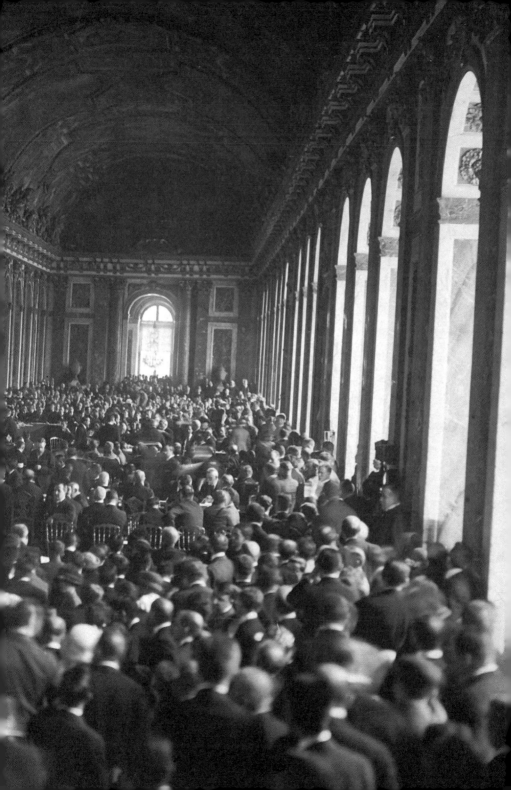

特徴がもう片方を生んだと言えよう。祖国を持たないために地域への忠誠心がなく、自分のいる国を利用することに良心のとがめもない。少しの同情もなく、全力でつかみ、えぐり取るのだ。

その天性の世界主義は、何百世代にもわたる流浪の生活によってユダヤ人の中で育まれ、それによって彼らは現代世界の矛盾した二大悪をたやすく股にかけることができた。資本主義と共産主義は、その違いにもかかわらず、国家にも「小人」の生活と幸福にも無関心だった。そのふたつは、ともにヒトラーの憎しみの辞書に載っていた。そしてどちらもユダヤ人の支配下にあった。ユダヤ人は銀行や金融会社を経営し、今では全世界の平和を脅かしかねないロシアのボリシェヴィキ革命を起こした。ユダヤ人はドイツの「土台を崩している」とヒトラーは

キャバレーからビアホールへ

われわれの多くにとってワイマール共和国は、イギリスの作家クリストファー・イシャーウッド（1904-86）の小説か、それを基にしたブロードウェイミュージカルの『キャバレー』（1966年。映画版は1972年に制作された）に描かれた退廃と破天荒の中に、最も生き生きとよみがえってくるだろう。たいていはユダヤ人が所有し、経営していたキャバレーの演者たちは、人種や性のタブーをあざ笑い、自意識過剰で世慣れた客たちを喜ばせるために、社会の最も侵すべからざる規範を不敬にも物笑いの種にした。正直で法律を守る市民は、当然このような場所を避けた。彼らには普通のパブがあった。それから徐々に、大きな醸造所が経営する「ビアホール」が生まれた。窮屈なカウンターに狭苦しい隅や窪みばかりの店とはまったく違い、巨大なホールはたくさんの人が集まって酒を飲み、冗談を飛ばし、歌を歌える場所だった。

言った。彼らは社会から「除去」しなくてはならない。すでに彼は、ユダヤ人を逮捕し、拘留することを訴えている。

　ヒトラーはまた、このときすでに大量虐殺をにおわせるような不吉な反ユダヤ主義を語っている。彼は寄生生物や病原菌の扱いについて語った。「彼らはできるだけすみやかに、徹底的に根絶やしにされなければならない」ユダヤ人は人々の間の有害な存在だと彼は不満を漏らしている。「根絶」されるべき「人種的結核菌」なのだと。

主導権を握る

　怒れる愛国心という泡、軟弱な政治家への惜しみない非難、ほんの少しの反共産主義、たっぷりの反ユダヤ主義という苦み。ヒトラーの修辞法は不愉快なレシピを覚悟しなくてはならないが、彼が演説したビアホールでの会合では評判がよかった。数週間、数カ月と経つうちに、彼は極右の世界で有名になり、ナチスにとっては欠かせない存在になった。だが妙なことに、まだ方向性が定まっていなかったように見える。ヒトラーは興奮や感情をあおったが、明確な最終目標はなかった。彼は当時の自分について繰り返し、うっとりするような拍子で祖国の人々を行進させる「鼓手」よりも高い野心を持っていなかったと語っているが、それは本当だったのかもしれない。

　しかし、1921年の夏、党の反対勢力はヒトラーがディートリヒ・エッカートとともにベルリンを離れたのをいいことに、ドイツ社会主義党（DSP──その名にもかかわらず、これもまた極右グループだった）と合併しようとした。ヒトラーが以前から計画していたのか、ドラマチックな新展開にとっさに反応したのかは知る由もないが、彼はこの危機を利用して権力を握った。指導者の座を明け渡さなければ離党するとドレクスラーを脅し、DAPの創始者に選択肢を与えなかった。党の繁栄の中心

になったヒトラーを手放すことは考えられなかったからだ。

　今やヒトラーはまっしぐらに、さらなる権力の夢を追求しはじめ、ベニート・ムッソリーニが派手に活躍するイタリアに目を向けた。ヒトラーはイル・ドゥーチェ（指導者）の「ローマ進軍」を心から賞賛した。「それに反してわがドイツ国の自称政治家共はなんとみじめで矮小に見えるだろうか」と、彼は書いている。「そして、これらの無価値な連中が粗野な思い上りによって、千倍も偉大な人をせんえつにもあえて批評する場合には、どんなに胸がむかつかせられるに違いないことか。さらに、ほとんど 50 年もまだ過ぎぬ以前に、ビスマルクのような人物を自己の指導者と呼ぶことができた国で、このようなことが生じたのを考えることはどれほど苦痛なことであるだろうか」

1920年頃、戦争慰霊碑の花輪を前に立つヒトラーと支持者。ナチスは過去の英雄の勇気を取り入れた。

パフォーマンスとしての政治

　ムッソリーニの「ローマ進軍」は、普通のクーデターではなかった。黒シャツ隊は、実際に自分たちが権力を手にしたわけではない。彼らがイタリアの首都でしたのは、強さを見せつけることだけだった。だが同時に、政治に関して言えば、本当に大事なのは力を知ることだと示したのだ。ヒトラーは早くも、

「アルプスの南方の偉人」

　世界大戦におけるイタリアの役割は、非常に込み入っていた。ドイツ、オーストリア＝ハンガリー帝国、オスマントルコとともに「中央同盟国」の一員であったが、イタリアは開戦の決定に異議を唱えた。1915年には連合国側について戦争に参加し、最終的に戦勝国の仲間入りをする。だが、それは勝利とは言えなかった。経済が疲弊したイタリアは、見返りを手にしようと必死だった。ヴェルサイユ条約に領土の要求を無視されてからはなおさらだった。

　政治的な分裂は必至だった。工業と農業は不安定になった。都会の中産階級と田舎の地主との間に反発が生じた。そして、自由主義の政府は両側から包囲されていた。元社会主義者のジャーナリストで、「帝国主義者」の戦争にイタリアが関与したことを非難して投獄されたベニート・ムッソリーニ（1883-1945）は、左翼のかつての同志と仲たがいした。彼が1919年に作ったファシスト党の名は「ファスケス」（きつく束ねた棒で、それを切る斧が結びつけられている）から来ている。これは古代ローマの秩序を保つ造営官が、権威の象徴として持っていたものだ。

　ファシズムの魅力は権威主義に尽きる。そしてこのメッセージには、ムッソリーニの「イル・ドゥーチェ」（指導者）としての個人支配が欠かせなかった。それは明確であるだけでなく、審美的な独裁体制だった、あるいは、そのように思われていた。支持者の若者が黒シャツを着て、村の広場や町の通りを闊歩したように。それが本気になったの

イル・ドゥーチェを手本にして、準軍事的な「突撃隊」（SA）の
ための準軍事的な「外見」を考案した。ユダヤ人を痛めつけ、
ナチの会合を左翼の邪魔から守るためには、制服を着たチンピ
ラが欠かせなかった。こうした「突撃隊」は黒シャツ隊そのも
のだったが、シャツの色だけが違っていた──褐色だったのだ。
　この準軍事的な服装は、ヒトラーの支持者である若者たちの
男らしさという幻想にも合致していたに違いないが、多くの一

は、1922年10月27日の夜、何万人ものこうしたカミーチェ・ネーレ（黒シャツ隊）が首
都に集結したときだった。政府はヴィットーリオ・エマヌエーレ3世に非常事態宣言を発
するよう訴えたが、国王はきっぱりと拒否した。ムッソリーニがヨーロッパ初のファシスト
による独裁政権を確立するための扉は開かれた。そして、ヒトラーが目指す政治的目標
となったのである。

ムッソリーニのローマ進軍は、強さの誇示が本物の権力をもたらすことをヒトラーに教えた。

般市民も惹きつけた。議会政治の明らかな無能と、絶え間ない
ストライキによる経済の停滞は、断固として「物事をやり遂げ
る」政治の希求を促した。矛盾しているようだが、軍隊はドイ
ツの敗戦の責任を問われなかった。多くの人々が、軍国主義が
国を混乱から連れ出してくれると考えていた。確かに突撃隊は
本物の兵士ではない。だが、そう認識されることが最も大事な
のだ。ムッソリーニは、離れ業をうまくやれば、本物の政治力
を手に入れる力になることを見せつけた。ヒトラーも同じこと
をしようと決意していた。

厳しい現実

　この種の芝居がかった手法が人々を惹きつけたとしても、驚
きではないだろう。このときのドイツの生活の現実に、安心で
きるところは何ひとつなかったからだ。1922年末には、「弁済」

[右] 1922年のストライ
キ。左翼の力を見せつ
けているようだが、ヒト
ラーと突撃隊が影響力
を及ぼすチャンスになっ
た。

[下] 1923年、突撃隊に
囲まれて立つヒトラー。
この頃には、彼は本物
の権力を行使するように
なっていた。

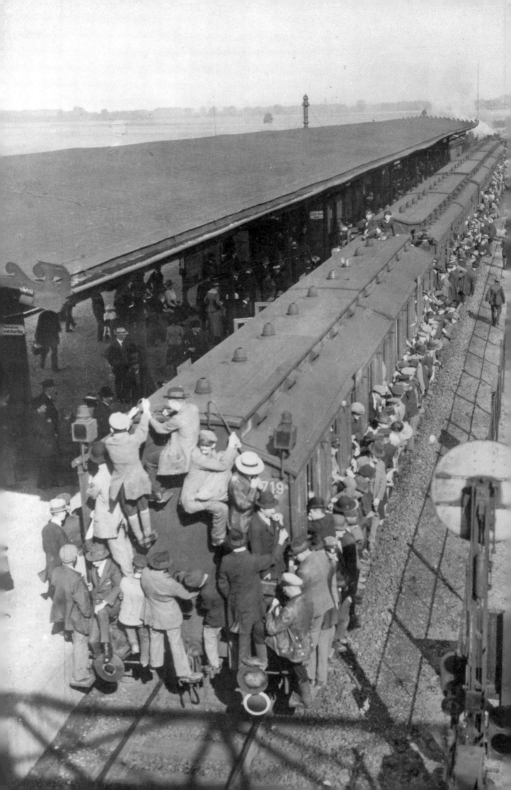

政治の虚しさが浮き彫りになってきた。12 月、ドイツはフランスとベルギーへの木材と石炭の輸送を滞らせた。ふたつの隣国は、ルール地方に派兵することで怒りを表した。それはきわめて不名誉なことだった。ワイマール共和国政府が、この大規模な炭鉱・工業地帯の人員にただちに消極的抵抗を求めると、その反応は見ものだった。結果的に起こったストライキは何週間も、さらには何カ月も続いた。

　しかし、その満足感も長くは続かなかった。1923 年に入ったその月のうちに、ドイツが愛国的なプライドを示すためにどれほどの犠牲を払ったかが明らかになってきた。9 月までには、この闘争のために 1 日 4000 万金マルクが費やされることとなった。何も生産しないストライキ参加者のために、これまで以上に紙幣を印刷した共和国は、ハイパーインフレーションを引き起こした。パン 1 斤が 2000 億マルクにまでなったのである。

ミュンヘン一揆

　こういった背景の下、ヒトラーは歴史に知られる「ビアホール一揆」を計画しはじめた（ドイツ語の「プッチ」は「クーデター」のことである）。有名なエーリヒ・フォン・ルーデンドルフ将軍（1865-1937）をこの陰謀に引き入れるのに成功したことで、ヒトラーの高まる野心と説得力の両方が強調された。ルーデンドルフはドイツの敗北の「背後の一突き」説を熱烈に支持する国家主義者として知られていた。そのため、イデオロギー的な観点からすれば、彼が加担するのも不思議ではない。しかし、彼は全国的な有名人で、一般には高潔な人物として知られていた。彼の支援を確保したのは大きな成果だったのだ。

ルーデンドルフがヒトラーを支援したことは、多くのドイツ人を驚かせた。だが彼は、国が売られたというナチスの意見に共感していた。

ミュンヘンのプッツィ

この時期、ヒトラーの最も親しい友人は、ドイツ人とアメリカ人の両親を持つ若き出版業者エルンスト・ハンフシュテングル（1887-1975）だった。「プッツィ」の愛称で知られた彼は、ミュンヘンで生まれ育ったが、思春期の数年を母の祖国アメリカで暮らした。彼はハーヴァード大学に進み、1909年に卒業した。

父が経営する出版社のニューヨーク支店の責任者となった彼は、当時上院議員だったフランクリン・D・ローズヴェルト（1882-1945）や作家でボヘミアンのジューナ・バーンズ（1892-1982）といった名士たちと知り合い、やがてジューナと婚約する。しかし、アメリカの反ドイツ感情に怒りを感じた彼は婚約を解消し、戦後のドイツに戻る。

それでも、彼にはアメリカ人の友人がいた。現に、1922年に彼がヒトラーの演説を聴きに行ったのは、知り合いの外交官に協力するためだった。即座に転向した彼は、たちまち未来の独裁者の友人になった。しかし、

ナチスが権力を握ると、ヨーゼフ・ゲッベルス（1897-1945）に敵視されるようになる。結局、彼は自分が暗殺の標的になっていると信じ込み、逃亡する。イギリスで逮捕された彼は、第二次世界大戦中を抑留されたまま過ごし、その後解放され、ドイツに送還された。

ドイツ人とアメリカ人の両親を持つエルンスト・ハンフシュテングルは、数年間、ヒトラーの身近にいた――そして、より広い政治世界と結びつける重要な役割を担った。

ヒトラーは600人の突撃隊を率いて乗り込んだ。

　ヒトラーもフォン・ルーデンドルフも、経済状態や政治の現状に不満を持っていた点では、特に異常だったわけではない。全ドイツの保守主義者は、すでに憤慨していた。バイエルンは、保守系の州総督グスタフ・リッター・フォン・カール（1862-1934）によって、共和国から割譲される恐れがあった。彼はこの運動への熱意を鼓舞するため、こうした集会がたびたび開かれたミュンヘンのビュルガーブロイケラーという巨大なビアホールで、11月8日の夕方に大会を開くと宣言した。

　だが結局、この大会は乗っ取られた。彼の大胆な計画は、さらに大胆な計画によって隅に追いやられてしまった。ヒトラーが600人の突撃隊を率いて乗り込んできたのである。バイエル

アルフレート・ローゼンベルク（左）と、獣医のフリードリヒ・ヴェーバーに挟まれたヒトラー。彼らはミュンヘン一揆の共謀者だった。

ンの離脱では満足できなかったヒトラーとその支持者（その中にはヘルマン・ゲーリングやルドルフ・ヘスもいた）は、ほかならぬ「民族革命」を要求した。最初は強力な政治的支援と軍事力に見えたものに喜んだフォン・カールだが、ナチスの熱意の規模に気づき、すぐに支持を引っ込めた。

クーデターの失敗

ヒトラーはその場にいた全員に、彼と突撃隊とともに、ムッソリーニ式のベルリン進軍に加わるよう呼びかけた。政府の退陣を促し、権力を手に入れようと。彼らは地元の警察署に加え、

1923年11月、ミュンヘン一揆を前に、挑発的な態度で行動開始の合図を待つ突撃隊員。

近くの兵舎まで占拠し、この後に続く勝利への道に備えて武装していた。

　結局、翌朝には不名誉な終わりを迎えた。彼らは政府の軍隊に取り囲まれ、逃走した。それはヒトラーが約束した英雄的な衝突ではなかった。死者が出なければ、滑稽にさえ見えただろう。4 人の警察官が、警察署を襲われて命を落とした。16 人のナチ党員が、軍との短い衝突で死亡した。

　友人で共謀者でもあるエルンスト・ハンフシュテングルと近くの家に隠れていたところを発見されたヒトラーは逮捕され、大逆罪で裁判にかけられた。国家転覆を謀ったことで有罪を宣告され、禁固 5 年を言いわたされた彼は、ミュンヘン郊外のランツベルク刑務所で刑に服した。今や、ヒトラーは狩られる立場だった。

第5章 ....わが闘争、わが成功

ミュンヘン一揆は大失敗に終わった。
ベルリン進軍は平凡な結果となった。
だがヒトラーの情熱は（狂信的と言っていいほど）
頑として損なわれなかった。
深刻な欠点の持ち主ではあったが、失敗を脇へやり、
前に進む能力は、彼の最終的な成功の中心をなしていた。

　第一次世界大戦でのドイツ敗戦へのヒトラーの反応は、非常に誇張されてはいたものの、筋は通っている。彼は祖国の屈辱をありのままに把握していた。ヒトラーが自身の逮捕と投獄を一種の英雄的勝利と考えていたことは、彼の個人的妄想がどこまで来ていたかを測る物差しだ。それは『わが闘争』という、滑稽なほど自分を美化した題名の回想録に記録するほどの体験だった。1925年にそれが出版された（第2巻は翌年発表された）とき、この長たらしい大言壮語の読者はほんのわずかだった。ところが数年のうちにヒトラーが権力を握るとベストセラーになった。

子ジカに餌をやる総統。未来のホロコーストの立案者も、ここでは思いやりのある親のように、ドイツの手つかずの自然を守る人物として写っている。

輝かしい先人たち

　524年、東ゴート王テオドリックによってコンスタンチノープルで投獄されたボエティウスは『哲学の慰め』を書いた。そ

れから数世紀後、マルティン・ルターはヴァルトブルク城に幽閉状態にあったのを利用して、ギリシア語の新約聖書をドイツ語に翻訳した。晩年をセントヘレナ島で囚人として過ごしたナポレオン・ボナパルトは、近代で最も偉大な人物の回顧録を口述した。このことが、こうした偉大な思想家、宗教家、軍人にとって有効ならば、アドルフ・ヒトラーにも有効だったろう。彼にとって投獄は、ある意味で正当性の裏づけだった。自分の重要性と、殉教者的な立場を公に認められたということである。

　意識的だったかどうかはともかく、この伝統に『わが闘争』は当てはまったと考えられる。「監獄文学」は、ジャンルというよりは排他的な「クラブ」であり、無理からぬことだがヒトラーはその一員になるチャンスを喜んだだろう。監獄という背

『わが闘争』の扉にも、あの目がまた出てくる。心をつかむこのまなざしに比べたら、回想録は説明的な注釈にすぎない。

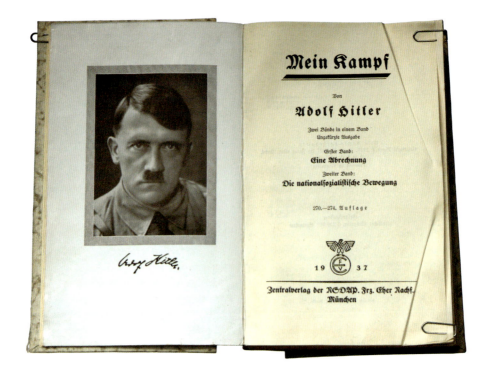

景は、著者であり主人公である彼の英雄的な献身を表してい
る。禁欲的な無私、大義のための俗世間での自由や楽しみや社
交の断念。それは牢獄の石敷きの床と殺風景な灰色の壁によっ
て、象徴的に強調される。監獄の中にいるという立場そのもの
が、彼の哲学が権力とその維持にとって脅威であることを印象
づけている。彼の語る原則を、権力者としては野放しにできな
いのだと。

　もちろん、現実はまったく違っていた。ヒトラーの禁固 5 年
という刑期は、9 カ月もしないうちに終わった。ランツベルク

ヒトラーは模範囚だった
が、刑務所は彼を支持
者にとっての英雄に仕立
て上げ、彼の政治哲学に
信憑性をもたらした。

刑務所は監獄としてはおおらかな施設だった。そして、世間の落伍者とはかけ離れていたヒトラーは、報告されている彼の思想に憤るよりも、その悪評に関心を持った寛大な看守にかわいがられていたようだ。

　一方、彼は孤独な瞑想家とはほど遠く、同じく投獄されていた忠実な代理人のルドルフ・ヘスに回想録を口述した。問題はない。監獄文学には明確な威信があった。あとは、ヒトラーの自己脚色があればよかった。

声明を見よ

　この本はなんだったのだろう？　副題の「清算」が示している通り、第1巻は概要であり、実績の評価である。伝記風の内容は、それが導く一般的な結論にとって重要なだけだ。客観的な読者にとって問題は、せいぜいよく言っても自己愛的な物語の疑わしさよりも、むしろ明らかに個人を政治に従属させている点である。われわれは、一個人としてのヒトラーをよくわかっていないし、それを言えば、わかろうともしていない。「わたし」という代名詞が、しつこく彼の存在を感じさせるほどには。

　自伝的内容は、明らかに公人・政治家としての語り手を、そして、「国家」と「民族」の哲学を訴える演台を確立している。われわれはその基礎をよく知っている。かつては誇り高かったが、低い地位に落とされたドイツ。生粋の国民は、国際的な社会主義と多額の金融取引におけるユダヤ人の陰謀によって売り払われてしまった。

　はじめのうちは、売れ行きはよくなかった。だが、そのことは問題ではなかった。この段階では、この本にはお守り程度の重要性しかなかったからだ。プロパガンダの入門書にしては手軽で、ナチに入党した新人を導くのに都合がよかったが、主に重要なのは、それが著者としてのヒトラー、そして彼のナチスにもたら

す、正統であるという雰囲気だった。当時はまだ、活字になった
ものに敬意を払う時代だった。マルティン・ルターは、ドイツ語
聖書を出版することで宗教改革を引き起こした。ヒトラーは『わ
が闘争』を通じて、近代ドイツを作ろうとしたのだ。

前進か、足踏みか？

　最初の反応は、ひどく落胆させられるものだった。『わが闘
争』はヒトラーとナチスの士気を高め、闘争を続けることには
価値があると感じさせたが、ドイツを嵐に巻き込むような気配
はなかった。1921 年にはわずか 2000 人だった党員は 1922 年の
終わりには 6000 人になり、ミュンヘン一揆の頃には約 5 万 5000
人に跳ね上がった。だがその後、半数以下にまで落ち込む。こ
うして、終わりのないビアホールの会合と裏取引は続いたが、
近いうちに大躍進する見込みはほぼなかった。

ランツベルクの当局者
は、ヒトラーにこれ以上
ないほど居心地のよい
思いをさせた。ルドルフ・
ヘス（左から2番目）らと
くつろぐヒトラー。

「黄金の20年代」と呼ばれる時代に突入し、ドイツの経済不振が緩和されても、ほとんど助けにはならなかった。1924年には、導入したアメリカの副大統領チャールズ・G・ドーズ（1865-1951）の名前を取ったいわゆるドーズ案により、ドイツの賠償金が引き下げられた。ついには、第一次世界大戦とヴェルサイユ条約後の混乱から発生した運動は、新たな惨禍が起るまで新しい推進力を見つけることができなくなった。

人格とカルト

「半分は庶民、半分は神だ！」1925年10月に『わが闘争』を読み終えたゲッベルスが言ったという言葉には、支持者が指導者アドルフ・ヒトラーに対して抱いた崇拝と軽蔑が奇妙に入り混じっている。ヨーゼフ・ゲッベルス（1897-1945）自身、自分を半ばあざけるように「小さなドクトル」と呼んだ。背が低く、子供時代に患ったポリオのせいで足が不自由だった彼は、第一次世界大戦で軍への入隊を拒否されたことでさらなる屈辱を味わった。彼の傲慢さ、敵意に満ちた反ユダヤ主義、痛烈な皮肉と狂気じみた猜疑心は、より深い自己嫌悪の一種の埋め合わせだったと広く考えられている。彼もボヘミアンのなりそこないだったが、指導者よりは信頼できる知性があった。彼は詩やエッセイを書き、1926年には小説も出版している。

　最初は、ナチスの国家主義よりも「社会主義者」的な面に惹かれていたゲッベルスは、グレゴール・シュトラッサー（1892-1934）が率いる党の反資本主義派を応援していた。彼らは、労働者の権利と社会正義を勝ち取れば、有機的な意味の国家がついてくると信じていた。ヒトラーがランツベルク刑務所にいる間に、シュトラッサーとその支持者は党を自分たちの望む方向へ引っぱっていった。1925年には、ヒトラーに対抗する左翼の党を作ろうとさえした。だが、彼らはそのチャンスを逃した。ヒ

個人的あいさつ

　腕をまっすぐに伸ばした敬礼は、明確に違法とされていない国でも大いに非難される。今ではナチズムやその支持者と分かちがたく結びついているこの敬礼は、ヒトラーがムッソリーニとファシスト党員から借用したものだ。ムッソリーニはこれを（排外主義者にふさわしく）「ローマ式」敬礼と呼んだ。その呼称を裏づける考古学的証拠はないが、古代ローマ人はそのようなことをしたのかもしれない。

　だが、ヒトラーはそれを自分のものにした。ちょうど党と国家を自分のものにしたように。1926年に義務づけられたこの敬礼は、ドイツでは「ヒトラー式敬礼」と呼ばれ、敬礼とともに「ハイル・ヒトラー！」と言わなければならなかった。こうして、公的か私的かを問わず、党員のあらゆる交流の場に（そして最終的に、1930年代にドイツの全体主義が確立されたときには、ドイツ市民のあらゆる交流の場に）少なくとも象徴的に総統が存在することになった。

ドイツ帝国銀行ビルの着工を前に、腕をまっすぐにしたナチ式の敬礼で指導者を迎える労働者たち。

トラーの権威は急速に回復したのである。

　ヒトラーとゲッベルスがともにこの裏切りを乗り越え、政治的・個人的に緊密な関係を築いたことは、前者のイデオロギー的な柔軟性と後者の実利主義を大いに物語っている。気まぐれと怒りっぽさで悪名高かったが、本能的に抜け目のなかったヒトラーは、長い目で見た目標を推し進めるために重要となれば、個人的な怒りをやり過ごすこともできた（だが、その恨みをいつまでも抱いていられたのも、数多くの例から明らかである。そのひとつが、10年後の長いナイフの夜で犠牲になったグレゴール・シュトラッサーの最期だ）。確かに、ゲッベルスは非

せいぜい気まぐれな支援者にすぎなかったグレゴール・シュトラッサーは、党の政治的方針に厳しい見方をしていた。そのことで結局、袂を分かつことになる。

常に役に立つ人物で、指導者の国家社会主義運動の構想を「純粋な」政治だけでなく美学や感情の部分でも実現するのに、誰よりも力を注いだ。

> **ゲッベルスは指導者の構想を実現するのに非常に役に立った。**

　たとえば、1930 年の街頭の衝突で命を落とした活動家、ホルスト・ヴェッセルの物語を、説得力のある殉教者的神話にしたのはゲッベルスだ。実際、ナチスの宣伝大臣として、彼はヒトラー自身に匹敵する偉大な神話作者となった。「国家」「社会」「ドイツ」「労働者」といった、ナチスの主な題目は、いずれも効果的に抽象化されている。総統個人には、象徴と生ける権力の両方を見出した。ナチズムの本質の中では、神話とレトリックと現実とが、緊密かつダイナミックに関連している。民衆を扇動するゲッベルスの演説は、1938 年の水晶の夜の引き金となった。

野心家たち

　初期の仲間には、ほかにヘルマン・ゲーリング（1893-1946）がいる。彼は最終的にはドイツ空軍の総司令官になった。彼自身、有名なエースパイロットだった。第一次世界大戦の英雄で、1922 年には、当然の選択として突撃隊である褐色シャツ隊に入る。翌年のミュンヘン一揆に参加した彼は、ナチのために血を流しさえする。（不名誉にも）脚を撃たれたのだ。この少しばかり茶番めいた始まりから、彼はゲシュタポをはじめとするナチ国家で最も秘められた弾圧的な組織を作る手助けをするよう

[左] 体は貧弱でカリスマ性にも乏しかったゲッベルスは、個人的な献身、政治への熱意、プロパガンダの才能でそれを埋め合わせた。

になった。彼はまた、最初の強制収容所の立案・建設にもかかわっていた。1934年の長いナイフの夜をヒトラーとともに計画した彼は、主な受益者でもあった。彼は突撃隊の指導者的な地位に昇進する。ヒトラーとゲッベルスとともに、彼も最終的解決の重要な考案者となった。1946年、戦争犯罪者として有罪を宣言されると、彼は獄中で自殺する。

　ルドルフ・ヘス（1894-1987）は、1933年から副総統となった。彼が初めてヒトラーと会ったのは1920年で、ふたりはたちまち極右への情熱という共通点を見出す。第一次世界大戦で前線に出た後、地理を学んでいたヘスは、友人が生存圏という説を打ち出すのに影響を与えた。西洋では、1941年に和平を求めて

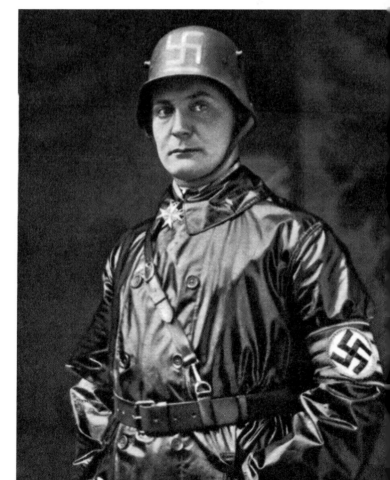

[右] 第一次世界大戦の戦闘機パイロットとして手柄を立て、すでに英雄であったヘルマン・ゲーリングは、1923年には突撃隊の立派な指揮官となった。

（あるいは少なくとも、アーリア人の同盟を求めて）スコット
ランドに単独飛行し、のちに有名になったにもかかわらず、ヘ
スは進んでアドルフ・ヒトラーの熱心な信奉者となった。ミュ
ンヘン一揆で彼に味方したことから、ヘスはヒトラーとともに
ランツベルク刑務所に服役する。そこで、彼は指導者の秘書と
して『わが闘争』の口述筆記を務めた。

　ミュンヘン一揆のときにビュルガーブロイケラーにいた人々
の中には、ハインリヒ・ヒムラー（1900-45）もいた。彼は最終
的には親衛隊全国指導者、またゲシュタポ長官として、計り知
れない残酷な権力をふるった。だが、その頃の彼は熱心で眼鏡
をかけた、目立たない、内気とすら言える青年だった。「行政的
才能」という考えは、ヒトラーやゲッベルスには矛盾した言葉
に思える。とはいえこのことは、彼らが党内にその資質を持っ
た人間をどれほど必要としていたかを示している。ヒムラーは
間違いなく、誰よりもその資質を持っていた。彼がいなけれ

不首尾に終わったミュン
ヘン一揆の数時間前、
共謀者とともにビュル
ガーブロイケラーの外に
立つルドルフ・ヘス（中
央）。

ば、ナチスもナチ国家も最終的にあのような形にはならなかっただろう。彼が持って生まれた組織力は、大量殺人と選抜育種によってゲルマン人の支配を完成させるという、細部にわたる野心により恐ろしく表れている。

　ヒムラーの後流に入ることで、ラインハルト・ハイドリヒ（1904-42）は一気に権力の座についた。ナチスへの入党が比較的遅かった彼は、1930年代前半にドイツ空軍を不名誉除隊してから党にかかわるようになった。実際にどのような不名誉があったのかは、議論の余地がある。それは彼の婚約解消と同じくらい痛ましい事実だった。彼はそれ以前に結婚を考えていた別の若い女性、リナ・マティルデ・フォン・オステン（1911-85）と結婚し、末永く添い遂げた。

　それはふたつのファシストの魂の結婚だった。リナのほうが大家族で、それを通じてハイドリヒは国家社会主義者の団体とかかわりを持つことになる。そこで、彼の軍人らしい態度と典

1923年のミュンヘン一揆が最高潮を迎えたとき、突撃隊に囲まれ、ナチズムの旗を掲げるハインリヒ・ヒムラー。

型的な「アーリア人」らしい美貌が（理想化した「分身」として？）すぐさまヒムラーの目に留まった。にもかかわらず、彼はユダヤ人の祖先の「痕跡」があるという、証明されてはいないが執拗な噂につきまとわれた。そのことが、究極のナチの「超人」と見なされた人物にしては奇妙に思える慢性的な不安と危険な被害妄想に燃料を注いだのかもしれない。

　東ヨーロッパはハイドリヒを「金髪の野獣」と呼ぶようになった。彼は手始めに、ドイツのポーランド侵攻直後に、ポーランドのユダヤ人の投獄と全滅を計画しはじめる。その後、1941

愛と忠誠

　エルンスト・レーム（1887-1934）ほど、総統と長いつき合いのあった人物はいない。最初の出会いは1919年にさかのぼる。ふたりの若者には、たくさんの共通点があった。とりわけ、第一次世界大戦の経験があったことだ。それは同性愛を暗示しているが、ヒトラーの性格では（あったとしても）表に出さない一方で、レームは隠さず、恥じてもいなかった。彼も、彼の補佐をしていたエドムント・ハイネス（1887-1934）も、自分の性癖を隠さなかった。彼らはそれを軍人の仲間意識の極端な表現と見ていたようだ。この観点から見れば、同性愛は男らしくない行為とはほど遠く、過剰に男らしいことになる。穏やかで優しいものとはかけ離れた、残虐な暴力行為の中で結ばれるものなのだ。

　内なる感情や人生の深い部分を見せず、秘密主義ですらあることで有名なヒトラーだが、友人の行為から距離を置こうとはしなかった。それどころか、彼はレームに（しかも、ナチの指導者の中でレームだけに）、かしこまった「あなた（ズィー）」でなく、より親しい「おまえ（ドゥ）」と呼びかけるのを許していた。このことが、一部の歴史家が考えるようにヒトラーの本当の性的志向を示しているのか、それとも単に、自分よりも劣る者たちと同じ社会的タブー

行動するアーリア人にふ
さわしく、フェンシングの
装備に身を包んだライン
ハルト・ハイドリヒは、ナ
チスの理想とする男性
像に近かった。

年にプラハへ移り「宣撫」を監督した。

　翌年、オープンカーでいつものように街を回っていた彼は、
イギリスの息のかかったチェコ人の工作員に暗殺された。彼ら
はハイドリヒを撃ち、車のホイールの下に爆弾を投げ入れた。
その結果、何千人もの命が失われた。チェコスロヴァキアとベ
ルリンの両方で、彼の死の報復のために。

「単独で最も強い」

　後から考えれば、平穏な数年間のナチスの物語で最も驚くべ
き出来事は、着々と固められる党内でのヒトラーの優位だった
ろう。政治的指導者としてだけでなく、主要な思想家としてだ。

に縛られたくなかっただけなのか、知る
すべはない。

　それに、1934年までには、そのこ
とは問題にはならなくなっていた。ヒ
トラーが非難にさらされながらレームを支
え続けたことが長期にわたる忠誠心
を示しているとすれば、それと同じくら
い驚くべきことに、そうしたほうがいい
と思ったときにはその忠誠心を躊躇な
く捨てた。友人が突撃隊長の権威を
徐々に高めようとしているのを恐れた
彼は、レームを長いナイフの夜の最初
の標的にしたのである。

エルンスト・レームは、数年の間は誰よりもヒトラーの近
くにいたように思われる。だが、その親密さが彼を破滅
させた。

ヒトラーは、ナチの指導者はその両方でなければならないと、断固として主張した。『わが闘争』の第2巻は、領土拡張主義のドイツにはレーベンスラウム（生存圏）が必要だと力説している点で何よりも悪名高いが、同時に「偉大な指導者」の必要性を強調するのに力を注いでいる。

ヒトラーは、ナチの指導者は理論家でなければならないと主張した。

「強者は単独で最も強い」彼はドイツ・ロマン派の詩人フリードリヒ・シラー（1759-1805）を引用し、ナチスが他の党と同盟を組むという提案を退けた。だが、彼はリーダーシップを分かち合うことについても、同じように考えていた。党員がどれほど多くなろうとも、それは「ピラミッド」の形を保ち、頂点にはただひとりの指導者がいるべきだと彼は言った。

　彼の「思想」として出版されたものの大半が陳腐であることを思えば、ナチの指導者は「理論家」でなければならないというヒトラーの主張は、馬鹿げて聞こえるかもしれない。だが、彼は本気だった。それは、この規則によって機に乗じた権威の簒奪を防ぐという抜け目のない計算だけから来ているわけではなかった。彼は自分の空想的立場を非常に真面目に考えていたのである。

恐慌……そして浮揚

　1929年のウォール街大暴落は、ヒトラーが待ち望んでいた惨事だった。ニューヨーク市場の暴落は、世界じゅうに衝撃を与えた。だが、ドイツほど大きな打撃を受けた国はないように思

える。通貨購買力が急落し、失業率は成層圏にまで跳ね上がった。需要が突然落ち込み、人員整理という新たな波が押し寄せた。大暴落のショックは、やがて「大恐慌」と呼ばれる闇に道を譲った。公的機関への大衆の信用は急速に崩れ去った。今回も、戦争の余波を受けたときと同じく、憲法政治家による一時しのぎの提案は、過激な左派や右派の約束に比べて嘆かわしいほど物足りなく感じられた。

　ストライキやロックアウト、工場閉鎖、投資の落ち込み、パニックに陥り、なすすべもなく急降下しているのが明らかな支配階級……ヒトラーとその取り巻きは、憎しみのイデオロギーを宣伝するのに、これほど好都合な背景が訪れるとは夢にも思

兵士が2度にわたって打ちのめされた人々に食料を配っている。1度目は大戦、2度目は大恐慌だ。

わなかった。失業者数はうなぎ上り（1931年の終わりには400万人を超えた）となり、それに伴ってナチスの支持者も増え、その頃には党員は80万人を誇った。党の指導者がその力を誇張していたという疑惑を思えば、「誇った」というのは恐らく適切な言葉だろう。それでも研究者は、正式なナチ党員が少なくとも30万人はいたと考えている。

結婚相手は仕事?

　ヒトラーは今や正真正銘の政治家であり、有名人であった。その間、彼の私生活にはどんなことがあったのだろう？　ヒトラーはこれほど早いうちから、指導者としての責任を果たすため、いかなる私生活も営む時間はないとほのめかすのを好んだ。そこには多少の真実もあったかもしれない。彼は仕事のために生きているようであり、大会や会合という過酷な日課と結婚しているようだった。彼はすさまじい熱意で読み、書いた。これまで見てきたように、ナチスはまさに彼のショーだった。彼は対外的な顔だけでなく、根性と頭脳を持っていた。彼は人に権限を委ねなかった。恐らく、猛烈な被害妄想のせいでそれができなかったのだろう。彼はあらゆる党員の一挙一動をコントロールしようとしていた。

　このような人物に、個人的な知り合いに割く時間はほとんどなかったのかもしれない。ヒトラーは間違いなく、彼らを人生の中心には置かなかった。この当時からのヒトラーの同志は、女性を相手にしたときの彼が、驚くほど自意識過剰で勇ましいポーズを取っていたと回想している。口説き、誉め言葉を口にするが、誰一人として彼の内部委員会——あるいは、より私的な時間に入れようとはしなかった。

　その上、議論されているように彼が自分の性的能力に不安を抱いていたり、男性としての能力を心配していたりしたとすれ

逃げていった女性?

　ヒトラーと初めて会ったとき、オーバーザルツベルクで店員をしていた16歳のマリア・ライター（1911-92）は、謎めいていながら折に触れて彼の人生に登場する。長い時を経ての彼女の証言は、真実と考えられているが、ふたりはつかの間、しかもごくたまに、恋人として会っていたにすぎない。ヒトラーの交際相手のパターンとして、マリアも1928年に自殺未遂を起こす。彼女は首を吊ったが、兄弟に発見され、縄を切って下ろされた。その後は、彼女はヒトラーと会ったり会わなかったりの気まぐれな関係に甘んじていたようだ。それも、会わないことのほうがずっと多かった。マリアが1936年に親衛隊の将校ゲオルク・クビッシュと結婚したときにも、ふたりの親密な関係は続いていた。ヒトラーは1938年まで彼女と会っていたようだ（マリアによれば、そのとき彼はエヴァ・ブラウンとの関係に不満を漏らしたという）。ヒトラーに何度か求婚されたというライターの主張を確かめるすべはないが、ヒトラーの妹パウラは、彼女が兄の人生に重要な位置を占めていたと断言している。

かつては店員だったが、急速に総統の恋人となったと思われるマリア・ライター。ふたりの関係について、確かなことはほとんどわかっていない。

ば、彼が親密な関係を避けていたのも想像に難くない。だが、義務と結婚したというイメージは誇張だという証拠もある。多くの憶測が集約されているのが、彼と姪との関係だ。

家庭内の問題？

　ゲリ・ラウバル（1908-31）は、アロイスとファンニ・マツェルスベルガーの娘アンゲラの娘である。彼女の名前もアンゲラだった。「ゲリ」というのはよくある愛称だ。このことは、やや奇妙に感じられるかもしれない。母親のアンゲラは、しばらく異母弟と離れていたが、ランツベルク刑務所に面会に行き、また親しくなったようだ。1925年、彼女はゲリとフリードルというふたりの娘とともに、弟の家政婦として働きだす。ゲリは21歳になったばかりで、叔父の半分以下の年だった。1929年、彼女はプリンツレゲンテン広場にあるヒトラーの新しいフラットに引っ越す。それから数週間、数カ月と経つうちに、ふ

1930年頃、姪のゲリ・ラウバルの隣で、デッキチェアでくつろくヒトラー。

たりはミュンヘンで一緒にいるところをしばしば見られるようになる。散歩に出たり、アドルフが仲間と会うバーにいたり。ふたりは見るからに意気投合していた。実のところ、明らかに親密だった。噂は避けられなかった——どちらにしても証拠はなかったが。

　ヒトラーの精神が、血縁の近さと複雑さの境界にあった家庭からの脱出によって形作られていたのは確かだ。そして、彼がゲリと性的関係にあったとすれば、彼はそのことと折り合いをつけていたのだろう。このことは、ふたりに関係があった可能性を低くしたのか、あるいは高めたのだろうか？　それに答えることはできない。ヒトラーの内面の感情は複雑に思える。生い立ちの影響は、どう見ても倒錯したものだった。

　ふたりの関係がどのようなものだったにせよ、それはこの上なく唐突な終わりを迎えた。1931年9月31日、彼女はヒトラーのピストルで撃たれて死んでいるのが発見された。彼女はウィーンへ行くと話していたという噂がある。叔父の過度の独占欲に嫌気が差したのだ。彼がゲリを殺したのだろうか？　それとも（誰に聞いても、ゲリが死んだときには彼はニュルンベルクにいたと証言していることから）自殺をしろと命じたのか？それとも、最もありそうな話として、彼女が自分で自分を撃ったのか……？　この頃には、ヒトラーはたくさんの口さがない敵と信奉者を作っていたので、誹謗や憶測を通して真実を見つけるのは不可能だ。さらに戦後の史学史的ヒステリーの中で、真実が見つかる見込みはますます遠ざかった。このことは、ヒトラーの人生の驚くべき謎の数々の一つとして残っている。

永遠のエヴァ

　ゲリの代わりにヒトラーの恋人となった——ゲリも彼女もヒトラーの恋人だったとすればの話だが——エヴァ・ブラウン

（1912-45）が登場したのはこの時点だった。実際は、彼女が最初にヒトラーと会ったのは、はるか以前の1925年だったと思われる。彼女はヒトラーの専属カメラマンの助手をしていた。その時点では、それ以外に接点はなかったようだが、1929年に再会したふたりはその後、少なくとも折に触れて会うようになる。当時、彼女は17歳でヒトラーは40歳だったが、若くて従順な女性を好む「強い」男というのは、彼に始まったことではない。ゲリの死後、エヴァはある種のパートナーとなったようだ。それから、ふたりが会う頻度ははるかに多くなった。

カラー写真のエヴァ・ブラウンは、総統の愛人にふさわしく、かわいらしい（しかし、どこかいかがわしい雰囲気の?）子猫を膝に乗せている。

ヒトラーのスタイルは、決まって長続きしなかった。だが、注意深く構成されたこの肖像写真からは、若者の理想主義と強さが伝わってくる。

> **少なくともエヴァから見れば、そこには絆があり、その絆は強く感じられた。**

　ふたりの関係がどのような性質のものだったか、正確に知ることはできない。彼らがベッドで何をしていたか、あるいはベッドに入ったことがあるかどうかもわからない。ヒトラーに性的な不安や障害があったという疑惑は数多く、多岐にわたっており、こうした疑惑を晴らす手立てはない。

　少なくともエヴァから見れば、そこには絆があり、その絆は強く感じられた。ヒトラーのかかわり方は、それほど熱のこもっていないものだったろう。あるいは、祖国と結婚した指導者、軟弱な面を持たない強い男という外見を保ちつづける決意を考えれば、そうしなければならなかったのかもしれない。それは、1932年8月にエヴァが自分の胸を撃つという（故意の？）ぶざまな自殺未遂からも明らかだろう。ゲリの自殺を真似たのは偶然だろうか？　知ることはできないが、偶然ではないように思える。エヴァは1935年に2度目の自殺を図り、このときは睡眠薬の過剰摂取だった。彼女がなぜそのような決断をしたのかも知るすべはないが、恐らくヒトラーとの関係に不満を感じつづけていたことを反映しているのだろう。

　もう一度言うが、こうした不満がどこにあったのかを突き止めることはできない。恋人の「小陰茎症」その他の、面白おかしい説は多々あるが。実際には、幸せで満ち足りていたか否かにかかわらず、エヴァはヒトラーと親密なひとときをともにしたが、そうしたひとときはごくまれだったということだ。常に外見を意識していた総統は、公の場に彼女を出してはいけないと感じていたようだ。彼女はヒトラーの居室に、できる限り人目を避けて出入りした。1934年から1945年にかけてヒトラー

の運転手をしていたエーリヒ・ケンプカ（1910-75）に言わせれ
ば、エヴァは「ドイツ一不幸な女性」だった。

必要栄養量

　正確にはいつ始まったのかは疑問があるが、少なくとも晩
年、ヒトラーが厳格な菜食主義者で、それを公言していたこと
は間違いない。夕食の客に肉を使わない料理（とはいえ、調理
は最高だった）を出すだけでは飽き足らず、彼は自分の哲学の
美点を長々と説明した。確認できる限りでは、彼の考え方は動
物とその生命、幸福に対する倫理的な関心と、人間の食事の清
浄さに関する曖昧な論理に基づいたものだった。ゲッベルスに
よれば、戦後のヨーロッパに対する彼の計画の一つに、大規模な
菜食主義への転換があったという。その政策はあまりに過激すぎ

「一つ鍋」の夕食をとり
ながら会話するヒトラー
とゲッベルス。親睦を深
め、節約した金を貧しい
者に与えるために、ナチ
スで奨励された。

総統の親友

第一次世界大戦の兵士たちは、さかんに犬を飼い、配達やガス探知などの立派な仕事をさせた。特にテリアは、ネズミを追う能力から重宝されていた。こうした齧歯類を追いかけて、イギリス軍が所有していたジャックラッセルテリアが、フランスのヒトラーの壕に迷い込んだと言われている。彼がその犬と仲よくなり、フクス（小ギツネ）と名づけたのは有名な話だ。

人間に対して残酷だったという評価を考えれば、ヒトラーの心優しい動物好きは、歴史家の興味をそそるものだった。政敵が拷問を受け、処刑され、死体が食肉用のフックにかけら

れるのを嬉々として見に行った男が、映画で動物が傷つけられたり殺されたりするシーンを直視できなかったという証言もある。

残酷さと感傷の一体化は、彼が特にジャーマンシェパードを好んで飼育したところに表れているだろう。かわいいペットでもあり、オオカミのような捕食者でもある。ヒトラーはこうした犬を数多く飼っていた。最も有名なのはブロンディで、彼の最後の日々を、総統地下壕で一緒に暮らした。総統の自殺の数時間前にブロンディが殺されると、ヒトラーは慰めようもないほど悲しんだという。

て、ドイツが勝利を達成する前に試みられることはなかった。

　驚くことではないが、のちの解説者は歴史的な大量殺人者が牛や羊や鶏にこのような思いやりを見せていたことをさかんに利用した。だが、彼の一貫性のなさと見えるものをこき下ろすことはできても、彼の考えは偽善的だと責めることはできない。動物への残虐行為を見た彼が実際にたじろいだり、苦痛の中にいるペットのことを考えて泣きそうになったりするのを見たという証言は山ほどある。

　彼がどこからこんな考えを持ち出してきたのか、また、それがいかにして彼個人の哲学の中心となったのか、はっきりとしたことはわからない。確かに、彼の英雄であるリヒャルト・ワーグナーは菜食主義者だった。面白いことに、彼の場合も、やはり矛盾と感じられるところがあった。

　この作曲家にとっては、肉食を禁じることは他者への共感、もしくは「仲間意識」を、毎日自分に思い出させることだったようだ。動物が虐待されるのを見ると、彼も犠牲者とともに苦しむのだという。「私はともに苦しむことの中に、自分の道徳心を最も顕著に見出すのだ。恐らくそのことが、私の芸術の源泉なのだろう」われわれには、ワーグナーの痛烈な才能が思いやりに基づいていると考えるのは直感に反するように思えるが、彼はその立場に少しも矛盾を感じていなかったようだ。

[左] アドルフとエヴァは犬が大好きだった。ヒトラーが連れているのは、彼にふさわしい高慢なジャーマンシェパード、エヴァのはもっと女性的で遊び好きなハイランドテリアである。

第6章......... 権力を握る

おずおずとした始まりは、もはや遠い過去のものだった。
権力の階段を上るヒトラーの勢いは止まらないように見えた。
最高権力者の立場はあらかじめ決められていたかのようだ。
それが彼の狙いだった。
この段階になっても、彼は目的を達するために
あらゆる狡猾さと非情さを使った。

　1932 年が明ける頃には、ヒトラーはナチ党員は 80 万人と宣言し、さらに 1 月だけで 5 万人が加入した。誇張を許したとしても（懐疑的な人々は、合計 50 万人のほうが近いと主張している）、ナチスは主流派政党への脅威となりつつあった。

周辺から主流へ

選挙は面倒なものに思われるかもしれないが、結果を導くには不可欠だ。ここには、1932年の選挙運動中に学生を魅了するヒトラーが写っている。

　こうした生々しい党員の数よりも大事なのは、一般大衆の間に、選挙での存在感を見せつけることだった。1920 年代の選挙は、ナチズムが隙間的な信条だったことを示している。ライヒスターク（ドイツ国会）におけるナチスの割合は、1924 年にはせいぜい 6.5 パーセントだった。一般的には、かなり低い数字

だ。ところが 1930 年 9 月の選挙では、国の経済的見通しが落ち込むと同時に急成長したナチスの得票率は 30 パーセントとなった。つまり国会の 577 議席のうち 107 議席を確保したことになる。1933 年 3 月には、得票率は 43.9 パーセントとなる。これは 647 議席のうち 288 議席で、ほぼ半数に迫る勢いだった。

　ナチスは議会で存在感を示したが、町の喧嘩やビアホールでの口論のイメージを急いで捨てようとはしなかった。反対に、政治プロセスへの乱暴な取り組みが、その魅力の重要な部分を占めていたのである。党は成長していたものの、突撃隊はそれに不相応なほど大きくなっていた。1932 年の半ばまでには、突撃隊だけで 40 万人いた。確かな説が言うように、1933 年までに 200 万人に達していたとすれば、ドイツ軍の 20 倍に当たる。国の戦争能力は、ヴェルサイユ条約によって大幅に縮小しており、そのため職を失った元兵士は食料や衣類、現金を求めて突撃

[右] 屈強なドイツの農夫が国家を掃除し、ユダヤ人の金融家や共産主義の扇動者を放り出す、1932年のナチの選挙ポスター。

ヒトラーの演説スタイルは国外では大いに嘲笑されたが、多くのドイツ人はそれに陶酔した。写真は1932年の選挙大会で演説するヒトラー。

隊に群がったのである。今では決して周辺のものではなくなったナチズムは、真に民主主義的な影響を及ぼしていた――そして突撃隊のおかげで、真に非民主主義的な影響も。

ヒンデンブルクの抵抗

　パウル・フォン・ヒンデンブルク（1847-1934）は、ドイツ政界の大長老だった。彼は 1925 年から就任していた大統領の座を退いたところだった。その前に、退役していた彼は第一次世界大戦で復帰し、東部戦線で第 8 軍を率いた。1932 年には、彼は 80 歳をとうに超えていた。彼は自身の保守的な支持者と同じくらい、改革主義の左派と中道派からのプレッシャーを受けて、最後にもう一度公職選挙に立候補することを決意した。ヒトラーとナチスの好戦的な美辞麗句の上を行くのは、申し分のない軍歴のある彼ただひとりと思われた。はるかに長いキャリアを持つ職業軍人の彼は、気難しい「ブリンプ大佐」になる素質があったが、民主主義を固く信じていた。個人的に、ヒトラーのやり方に腹を立てていたようで、彼の対抗馬となるのにさほどの説得は必要なかった。

　1932 年 3 月と 4 月の選挙でナチの指導者と対立したフォン・ヒンデンブルクは、ヒトラーを退けて大統領となった。しかし、多くの民主主義政党の後押しがあったにもかかわらず、ナチスが国会の第一党となるのを防ぐことはできなかった。この地位は、7 月の選挙でさらに強化された。11 月に、この行き詰まりの打開を再度試みて失敗したヒンデンブルクは、1933 年 1 月、ヒトラーをドイツ首相に指名することを余儀なくされた。

火災警報

　ヒトラーの昇進が、すでに国会に屈辱を与えていたとして

も、事態はさらに急速に悪化していった。2月27日、国会議事堂が焼失する。現行犯で逮捕されたドイツの共産主義者マリヌス・ファン・デア・ルッベ（1909-34）は裁判にかけられ、放火の罪で有罪となった。彼は翌年処刑された。だが当初から、ナチス自身が火をつけ、最終的に――少なくとも比喩的な意味で――憲法を焼いてしまおうとしたのではないかという疑惑があった。

　現に、皮肉にもファン・デア・ルッベは戦後、不当裁判の犠牲者だったとされ、2007年には最終的に無罪となっている。実際には、ドイツ政府のように彼を無罪と考えている歴史家は少数である。それでも、学習困難で無教養な労働者だったファン・デア・ルッベが、ナチの工作員に利用された可能性が高い

国会議事堂の火災はドイツの民主主義を抜け殻にした。ヒトラーはこれを利用し、独裁的な権力をふるった。

ことは広く認められている。

　共産主義者の仕業とされたライヒスタークの火災は、左派の反対を弾圧し、幅広い基本的自由を否定するために、ヒトラーが必要とした口実だった。選択の余地はないと感じたヒンデンブルクは、のちに「ライヒスターク火災法令」として知られる法令（「国民と国家の保護のための大統領令」）を発布する。それは集会の権利を差し止め、裁判抜きに拘禁する権力を導入したものだ。ついに屈服したヒンデンブルクは、数週間その通過に抵抗した「全権委任法」に判を押し、法令によって事実上ヒトラーの支配を許した。

民主主義との決別

　有事立法であったとはいえ、全権委任法は４年にわたり効力を持っていたため「一時的な」法案には思えなかった。なおかつ「法」という言葉に保護され、政府の後ろ盾を得て、ナチスは街頭での暴力や威嚇行為を拡大することができた。武装した突撃隊が議会内に陣取り、ベルリンのクロル・オペラハウスを仮の議場として国会が再招集されると目を光らせるようになった。カトリック系の中央党は、ヒンデンブルクの拒否権を保持する代わりに、ヒトラーが望む議会での過半数を取らせるという条件で、ヒトラーを支援することを慎重に模索した。
「民主的独裁制」は、結局のところ「本物」の独裁と同じくらい残忍で弾圧的なものだということが明らかになった。５月２日、突撃隊は労働組合の事務所を破壊、指導者を逮捕して強制収容所へ送り込んだ。次に、その矛先はより穏健な社会民主主義政党に向けられた。嫌がらせをされ、苦しめられた彼らは、後退を余儀なくされた。

　次の標的は、突撃隊の指導部だった。最も有名なのは、ヒトラーとともに路上で戦った昔からの仲間エルンスト・レームで

芸術家村から強制収容所へ

「彼らが最初共産主義者を攻撃したとき……」というのは、マルティン・ニーメラーの有名な言葉だ。裁判抜きの自由裁量による逮捕と拘留を最初に行ったとき、ヒトラー政権はその容赦ない効率性を秘密にするどころか自慢している。警察長官のハインリヒ・ヒムラー（1900-45）は、社会全体の「平穏」のために左派の人間が排除されるのは正しいと主張した。そして社会全体も、強く反対しなかったようだ。

　最初のナチの強制収容所ダッハウは、その特徴が曖昧だった。開設は1933年3月22日、国会議事堂の火災のわずか数週間後のことだった。そこに収容されていたのは、少なくとも当初は、過激な左翼活動家だった。のちに、エホバの証人や同性愛者、ロマ族、そして多数のユダヤ人が加わるようになる。だがそのときには、最終的解決の構想はなかった。

　ヒトラーの時代まで、ダッハウといえば魅惑的な響きを持つ名前だった——特に芸術家にとっては。若きヒトラーも、そこで暮らすことを夢見ていたかもしれない。彼が住んでいたミュンヘンからそう遠くなかったが、カール・シュピッツヴェーク（1808-85）、ルートヴィヒ・ディル（1845-1940）、アドルフ・ヘルツェル(1853-1934)、アルトゥール・ラングハマー（1854-1901）、ロヴィス・コリント（1858-1925）といった有名な画家との縁があった。現在では、何千人もが命を落とした収容所と同一視され、その名は憎むべきものとなってしまった。

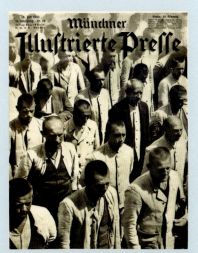

1933年7月16日付の『ミュンヘン・イラストレーテッド・プレス』には、ダッハウの「教育的」制度に関する楽観的な記事が掲載されている。

ある。彼は「長いナイフの夜」（正確には 1934 年 6 月 30 日から
7 月 2 日）の即決処刑で粛清された。このことに総統の敵は満
足したかもしれないが、その流血は彼の地位をより強固にした
だけだった。「長いナイフの夜」で最終的にどれだけの命が奪わ
れたのかはわからない。少なくとも 80 人と言われているが、そ
の数倍だったかもしれない。

ナイフをふるう

　街角での突撃隊は男っぽく暴力的だったが、突撃隊の指導部
はやや毛色が違っていた。伊達男だったエルンスト・レームは、
同性愛者であることを隠したことはなく、彼が突撃隊の最高位
に就かせた多くの仲間も同じだった。自意識過剰なまでに洗練
され、いかがわしさを見せつける彼らは、贅沢な暮らしぶりと

1932年の選挙の投票を
終え、ミュンヘンの投票
所を後にするヒトラー。ほ
どなくして、ナチスは国
会で最大の党となる。

退廃的な宴会で悪名高かった。彼らはそういった宴会を好んで開き、総統も賛成していたようだ。

伊達男だったエルンスト・レームは、同性愛者であることを隠したことはなかった。

　ふたりはどれくらい親密だったのだろう？　同性愛者という噂は、第一次世界大戦以降、ヒトラーについて回った。さらに、その後の彼の独身主義も憶測を呼んだ。1934 年の「長いナイフ

ヒトラーとレームの協力関係は、後者の粛清によって終わりを告げる。だがこの時期は、個人的にも政治的にもふたりは親密だった。

鉄の男

「カンケラーリウス」または「チャンセラー」という肩書は、中世ヨーロッパで専制君主や高位聖職者の秘書に与えられたものである。彼らは主人の謁見室の隣にある「内陣(チャンセル)」、すなわち仕切りで隔てられた控えの間で仕事をしていたからだ。近代初期のイギリスでは、この肩書は特に金融行政を司る高官に与えられた。ドイツでは（常にそうだが、当時も）国を運営する首相を意味する。

　近代的な意味で最初にこの職に就いたのは、オットー・フォン・ビスマルクで、1871年から1890年まで首相を務めた。彼は1860年代に異なる国々だったドイツを統一したばかりでなく、それをプロイセンの軍国主義の旗の下に行った。不屈で怒りっぽい性格で、外交においては攻撃的、内政においては強気だった。彼は「バターより大砲を」のスローガンの下、経済を拡大した。ある程度まで、彼は「鉄血宰相」という公的な性格を、全人格として印象づけた。ビスマルクは、独裁体制で軍国主義的な帝国を支配する、本能的独裁者となった首相の完璧な先例だろう。

ヒンデンブルクの抵抗は、生前から勢いを失っていた。ヒトラーは彼の葬儀をナチの大会に変えてしまった。

の夜」でレームとその仲間を残酷に粛清したことも同様だ。ヒトラーはかつての友人からの重圧、もしくは脅迫に対し、先手を打ったのだろうか？　決してありえないことではないが、いずれにせよ、彼はエルンスト・レームが説明のつかない権力を握ったことを恐れていたのかもしれない。その頃には、突撃隊はレームの私設軍隊になりつつあった。

キリスト教の許し

その夏、ヒトラーはヴァチカンと、悪評高い「コンコルダート（政教条約）」を結んだ。教皇ピウス 11 世は、ドイツでのカトリックの権利が守れるかどうかを案じていた。明らかにキリスト教の価値観を軽蔑しかしていない悪の政権だという明確なシグナルを送るよりも、そちらのほうが心配だったように見える。現実は、ナチの政策の重要な側面に関してどんな条件が

あったにせよ、教皇庁は反社会主義者という目的に共感していた。1937 年には考えを翻したピウス 11 世は「ミット・ブレネンダー・ゾルゲ（燃えるような悲しみ）」という新たな回勅を出し、ナチスを非難した。だがこの頃には、ヒトラーの隆盛を止めることはできなかった。

ヒトラーはその間、プロテスタント教会の反対を骨抜きにし、彼らを「帝国教会」という傘の「保護」下に置いて、同時に自分自身のドイツ・キリスト教運動を推し進めた。名目上はプロテスタント教会だが、ドイツ・キリスト教はユダヤ人のキリストではなくアーリア人のキリストのために祈り、国家社会主義の理想を支える教義を信じるものだった。

左翼主義者が拘留され、キリスト教徒がさまざまな形で迫害され、追い出された今では、影響力のある反対者を見つけるのは困難になった。ヒンデンブルクは政府で活発に力をふるうことはなく、無力な傍観者に成り下がった。正式な拒否権は、その月には架空のものでしかなくなった。8 月 2 日、彼は 86 歳でこの世を去った。誰も目を向けなかったと言えば大げさだが、彼の死去はドイツ人の生活にほとんど影響を与えなかった。ヒトラーへの影響は、もう市民の自由を尊重するふりをしなくてもいいという程度にすぎなかった。

ヒトラーは 1920 年代から、自分を個人崇拝の対象とすることに懸命になってきた。『わが闘争』、「ヒトラー式敬礼」、同志による絶え間ない乾杯……すべてが彼を神話化するためのものだった。ところが、ある時点から、政治の周辺の少数派がやっていた風変わりな行為が政治の主流になった。彼が権力を握った今では、それがドイツ流なのである。支持者の賞賛に向けた個人的で感情豊かな一面は、『わが闘争』を書き終えたゲッベルスが、初めて彼の威厳に驚かされたときと同じだけの存在感を持っていた。ただし今では、それはドイツ国内の幅広い年代の人々に広がっていた。彼の威厳がどこまで高まっていたかは、

1933年、ベルリンにあるシーメンスの工学プラントで演説するヒトラー。演台のすぐ後ろには、親衛隊の警護官が控えている。

ヒトラーユーゲント（青年隊）の間で人気があった歌（という
よりも「讃美歌」）にはっきりと表れている。落胆した当時のカ
トリックの主教が報告したのは、こんな歌である。

　　われらは陽気なヒトラーユーゲント
　　キリスト教の美徳は不要
　　なぜなら総統アドルフ・ヒトラーこそ
　　われらが救い主にして仲介者……

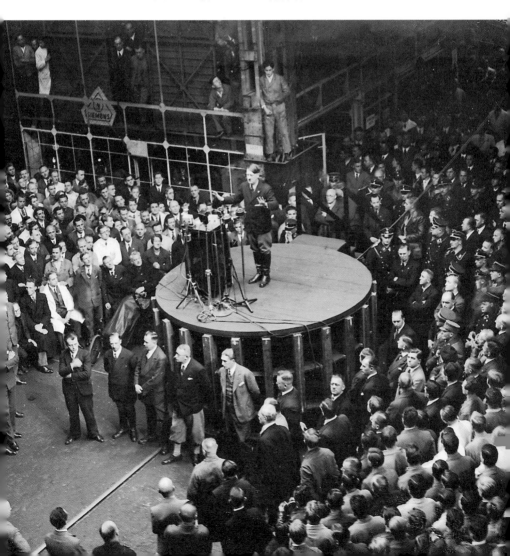

権力のピラミッド

　ヒトラーは自分をピラミッドの頂点と考えており、官邸と私設スタッフがそれを直接支えていた。彼の下には2人の代行とそのスタッフがおり、党の組織（突撃隊、親衛隊から、ドイツ女性協会やヒトラーユーゲントに至るまで）とその構成団体（国の認可を受けた専門団体や労働者の「組合」など）全般にわたって責任を負う18人の全国指導者を交代で統括する。その下には大管区指導者がおり、さらにその下に管区指導者がいて、地区指導者が彼らに報告を上げる。そのようにして続いてゆき、町のレベルで党員や国家を代表する（そして報告する）「戸口指導者」を通じて、家庭の個々人にまでおよぶのだ。

　このピラミッドは党の階級組織を表しているだけにもかかわらず、国内の権力の枠組みも兼ねていた。6月14日に「新党の設立に関する法律」が通過すると——と言うより、単に布告されると——ナチスはドイツで唯一認められた政党となった。

完全な変貌

「すべてを国家のもとに。国家の外にいるもの、国家に反するものがいてはならない」ムッソリーニは1928年、のちに「全体主義」と呼ばれる原理を上

誇大妄想的な視点から見たニュルンベルク党大会。ヒトラーの演説が支持者を感動させたとしたら、彼らの賞賛はヒトラーにどんな影響を与えただろう。

品な言葉にした。ヒトラーが支配力をほしがっていたというのは、現実をまったく過小評価している。一党独裁はひとつの見方の押しつけを可能にする。政治的にも、社会的にも、経済的にも、そして審美的にも。芸術家ヒトラーは、最大の創作に乗り出した。完成する頃には、日常生活のあらゆる面、あらゆる瞬間で、手つかずのまま残るものはないだろう。これが全体主義国家の成り立ちだ。民間事業はナチ政府と相互扶助的なパートナーにされた。ヒトラーユーゲントの創設もまた、若者にナチズムの価値観を植えつけるものだ。さらに、国家社会主義女性同盟の創設は、同じ価値観を母乳とともに飲ませるためのものだった。

　ナチスの党名にある「社会主義」という言葉は物議をかもしてきた。ヒトラーは、一般的に理解されている意味での社会主義者ではない。言葉を換えれば、国家の管理による共有経済はないし、富の再分配もない。「能力に応じて働き、必要に応じて受け取る」ということもない。しかし、この言葉はナチ政府がアウトバーンの建設から公衆衛生活動への予算供出まで、国の生活のあらゆる面に介入する用意があることを反映しているのだ。こうした介入は、必ずしも頑迷なものばかりではなかった。その中には公害対策、肺がんのスクリーニングプログラム、禁煙奨励広告なども含まれていた。それと表裏一体になっていたのは、それまで「プライヴェートな」生活と思われていたものへの、前例のない公的調査の侵入だった。

　国家の干渉は、決して無害なものではなかった。教育は、家族の価値から人種論に至るまで、ナチの思想に洗脳するシステムと化した。「健康」管理は、ドイツ国民全体の「保護」のため、精神や身体に異常があるとみなされた人々の強制断種までも含んでいた。しかも「精神」異常というカテゴリーには、現在では精神衛生の問題と考えられないものだけでなく、犯罪行為から性的放縦までもが含まれていた。

「血」と「名誉」

　さらにもちろん、人種政策もあった。何世紀も前から深く根づいていた反ユダヤ主義という慣習は、今やドイツ国家の公式な態度となった。1933 年には早くも、ヒトラーはユダヤ人が経営する商店や事業を国家的にボイコットするよう呼びかけ、それはユダヤ人の共同体にとって大きな打撃となった。そして、ナチが権力の座についた今、その影響はさらに厳しいものとなった。1935 年夏、それまで曖昧な胡散臭さと敵意、思慮に欠けた憎しみだったものが、ニュルンベルク法（この法律が発表された党大会の開かれた場所にちなんで、そう呼ばれた）によって法的な効力を持つようになったのである。「ドイツ人の血と名誉を守るための法律」の下で、異人種間の結婚は違法となった。人種を越えた性的関係が、一般に禁じられたのである。

　新たな「帝国市民法」は、ドイツ人の血が流れているとわかっている者だけが市民権を得ると規定した。ユダヤ人はその権利から除外されると明示されている。つまり、主要な専門職や官

ニュルンベルクでは予定された大々的な演説を行うだけではなかった。ここでは、ヒトラーがナチス女性同盟のゲルトルート・ショルツ＝クリンクと会話を交わしている。

公庁で働く資格がないことを意味する。中産階級のユダヤ人
の多くは貧困に陥った。権利を持たないという新たな立場は、
ちょっとした嫌がらせや虐待を効果的に合法化した。明らかな
答えは移住だったが、その選択肢は予想され、ある程度まで未
然に防がれた。外国人は移住「税」として、貯金の 90 パーセ
ントを差し出さなければならなかったのだ。こうした法律が多
数のドイツ人に人気だったことは、国家そのものは無実で、ホ
ロコーストに至る筋書きを書いたのはヒトラーただひとりだっ
たとする試みをことごとくあざ笑うだろう。だが彼は、実在の
書籍『わが闘争』の唯一の著者であり、そこには「ユダヤ人問
題」の本質と、それを「解決」する必要性が、細部まで緻密に
書かれている。ニュルンベルク法は悲しいことにドイツ人一般
の信用を傷つけたが、それがヒトラーの人種に対する考えの醜
い勝利を表していたのは間違いない。

たいまつで夜を照らす突
撃隊が、ドイツの町中で
ユダヤ人の一掃を呼び
かけている（1935年）。

美と虚勢

　人種という考えが、生物学や民俗学の範囲までしか及ばないと考えるのは、世間知らずというものだろう。ヒトラーは堕落した「民族性」を美術にも見出した。ある程度までは、彼の憎しみは、世間体を気にする世界じゅうの中産階級の人々が、なじみのない新しいものに感じる胡散臭さを、高度な論理で正当化したにすぎないように思える。「自らの目で判断せよ」というのが、1937 年にミュンヘンで開かれた党主催の「退廃」芸術展のスローガンだった。この「劣性美術展」には、ピカソ、マティス、ヴァン・ゴッホ、その他数多くの、われわれが 20 世紀絵画の巨人と考えている芸術家が含まれていた。だがここでは「ハイトハウゼンの路面電車に乗る男［訳注：ハイトハウゼンにはミュンヘン一揆の舞台ビュルガーブロイケラーがあった］」が、芸術品の価値を決めるのだ。

　しかし、ナチスの反対は、プチブルの空威張りをはるかに超えていた。ヒトラーは自分の中の俗物根性を、より独特で邪悪な言葉で表現した。真の芸術的価値を持つ作品は、鑑定家だけでなく「健全な突撃隊」の心に訴えるという、ナチの建築家パウル・シュルツェ＝ナウムブルク（1869-1949）の意見は、軍国主義的な美への考え方がいかなるものであったかを浮き彫りにしている。ここでの「健全な」という言葉の奇妙な使い方は、純粋、健康、そして（反対に）退廃というものに対する考えがどれほど極端になっていたかを強調している。

扇動的な考え

　こうした考えは、政府の見解や価値観とは無関係に自発的に存在しようとする芸術的・知的コミュニティーに、全体主義であるナチ国家が広く疑念を持っていたことを裏づけている。ゲッ

ベルスによって行われた1933年5月10日の大焚書は、非難すべき思想への特定の攻撃だけではなく、新政府の権威を広く表明するものだった。

　燃やされた本の多くは、劇作家のベルトルト・ブレヒト（1898-1956）、作家のアルフレート・デーブリーン（1878-1957）といった有名な左翼思想家や、ハインリヒ・ハイネ（1797-1856）やフランツ・カフカ（1883-1924）、シュテファン・ツヴァイク（1881-1942）、ヨーゼフ・ロート（1894-1939）といったユダヤ人のものだった。もちろん、ローザ・ルクセンブルク（1871-1919）やヴァルター・ベンヤミン（1892-1940）のように、その両方である人々もいた。さらに、何よりも彼らの偉大なイデオロギー的祖父、カール・マルクス（1818-83）も。

世界主義という考えを軽蔑していたナチスは、おびただしい外国人作家の本を燃やした。

ヒトラーの言葉、党の主義。そう言われれば、まともなドイツ人はそれ以上深く尋ねようとはしないだろう。写真は焚書という暗黙のメッセージ。

　世界主義という考えを軽蔑していたナチスは、H・G・ウェルズ（1866-1946）からアンドレ・ジッド（1869-1951）に至るまで、あらゆる外国人作家の本を燃やした。アーネスト・ヘミングウェイ（1988-1961）やジェイムズ・ジョイス（1882-1941）の本も、同じく火に投げ込まれた。彼らの罪（とされるもの）は、左翼への共感を表明していたことと、文学的に難解だったことだ。ジャンルを破壊したジョイスの小説『ユリシーズ』（1922）の中心人物が、レオポルド・ブルームというダブリンのユダヤ人であるのは、偶然ではないだろう。潜在意識や、不健全な欲望とその中でわき立ち、高まる衝動という考えを、初めて系統立てて理論化したジークムント・フロイトも、何世代にもわたるラビの末裔にすぎなかったのかもしれない。もちろん、フロイトの著作も、アルベルト・アインシュタイン（1879-1955）やレフ・トルストイ（1828-1920）といった良識の敵による本とともに燃やされた。

ブルーノート

　さらに、ジャズへの反応があった。ジャズは洗練された音楽家だけでなく、ドイツの大都市の社会的エリートにも受け入れられた。新たにアメリカから入ってきた、奇妙な調性とシンコペーションのリズムを持ったジャズは、どれほど度量の広いドイツ人でも、初めて聴いたときにはまさに衝撃だっただろう。

　だがヒトラーは、最も有名な演奏家の肌の色に惹きつけられた。むろん、アフリカ系アメリカ人だ。さらに、ジョージ（1898-1937）とアイラ（1896-1983）のガーシュウィン兄弟やアーヴィング・バーリン（1888-1989）といった有名な作曲家が、ユダヤ人の家系であることに。「質の低下」が基準になったと、ヒトラーは1928年の演説で嘆いている。「黒人の音楽が支配している。だが、もしシミー［訳注：1920年代に流行したジャズ・ダ

ンス］の隣にベートーヴェンの交響曲を置いてみれば、どちら
が勝つかは明らかだ」

　ドイツだけでなくどこでも、当時の教養ある人々の多くは、
ベートーヴェンの作品をどこか「高尚」で、従ってラグタイムや
スウィング・バンドより「よい」ものと思っていた。きちんと
した家庭の主の大多数が、その音楽や演奏されるクラブにまつ
わる過剰な飲酒やだらしない道徳観という文化を恐れていた。
また、黒人演奏家の存在が平均的なドイツ市民を遠ざけなかっ
たと言うのは怠慢だろう。とはいえ、反抗的な息子や娘にとっ
て、そのことはさらに魅力を高めたかもしれない。ヒトラーは
こうした不安をとらえ、ジャズを音楽的な人種混淆とする説を
徹底的に発展させた。

　これと同じ偏見が、芸術のヒエラルキーを作ったと思われ
る。ドイツ表現主義は、今では 20 世紀美術の誇りとされてい
る。しかし当時はこれも「黒色人種」と非難された。絵画や
彫刻が、どうやって民族や人種の特徴や性質を陳列できるだろ
うか？　しかし多くの人々にとって、この主張は筋が通ってい
た。理論的ではないが、直感的な比喩として。

1939年、友人とジャム
セッションをするデュー
ク・エリントン。即興的で
無秩序なジャズは、ナチス
にとって人種的な「汚
染」と同じくらい脅威だっ
た。

　ジャズが黒人の巨匠とともにしたことを、視覚芸術の新たな
動きもやろうとしていた。古い因習を意図的に無視し、ジャズ
の無鉄砲なエネルギーに合った即興的な無秩序とともに。パウ
ル・シュルツェ＝ナウムブルクが説明したように、こうした芸
術の難解さ、つまりすでに確立され型にはまった基準からの途
方もない逸脱と、抽象画や、その結果としての曖昧さへの傾向
は「茫漠としたものに憧れるユダヤ人」を、さらには「黒人」
とその「未開の」地を反映しているという。

　恐らく最も有名なのはパブロ・ピカソ（1888-1973）だろうが、
確かに多くの現代芸術家が、いわゆる「原始的な」芸術の直接性
や情動的な即時性に惹かれていた。ほかにも、マックス・エル
ンスト（1891-1976）らのシュールレアリストから、ワシリー・
カンディンスキー（1866-1944。ロシア生まれの巨匠だが、画家
人生のほとんどをミュンヘンで過ごした）や弟子のパウル・ク

1933年2月1日、権力を
握ったヒトラーは「彼の」
国民に対し、帝国首相と
して初めてラジオで演説
をする。

レー（1879-1940）といった表現主義の芸術家は、文化人類学的な意味の「未開」とは何の関係もなく、自分たちの「野生」を探した。まして、彼らの芸術を（筋の通った意味で）「黒色人種」と言うことはできない。

ユダヤ人的なのか、それともただ難解なだけなのか？

　概して「ユダヤ的芸術」と非難される作品は、実際にはユダヤ人の芸術家が制作したものではなかった。マルク・シャガール（1887-1985）の作品は、この法則の最も明らかな例だろう。その粛清は、芸術界がそれを動かす画商や批評家、作家のネットワークから、一般にユダヤ人のものだと思われたことから来ていたようだ。

　さらに、チェンバレンの「中国系ユダヤ人」に見られるように、思想家にとって人種がすべてになったとたん、それは大して意味を持たなくなってしまう。かくして、批評家はドイツ表

［左下］アルフレート・ローゼンベルクは美術をめぐるナチの内部討論に勝った。彼は窮屈で、馬鹿げてすら見える保守的芸術を擁護した。

［右下］強烈な反ユダヤ主義者でナチ党員であったにもかかわらず、ナチスの混乱した美学体系によって、ノルデの芸術には「ユダヤ的」という烙印が押された。

現主義の画家で版画家であるエミール・ノルデ（1867-1956）の
作品に「ユダヤ的」特性を見出したのである。彼が 1920 年か
らナチ党員だったのも関係なかった。ノルデの政治的見解は記
録に残っている。ユダヤ人芸術家に向けた反ユダヤ主義的な侮
蔑も。不愉快な人物だが、彼の作品に明らかな「ナチ」性はな
い。彼はシュルツェ＝ナウムブルクの「健全な突撃隊員」試験
に落とされるだけの革新性を持っていた。彼の作品には、金髪
でリンゴのように赤いほっぺたの娘も、理想化された風景も描
かれていなかった。

　ノルデのような人物に公平を期して言うなら、20 世紀の偉大
な作家や芸術家の多くは、後から思えば非常に嘆かわしい政治
的見解を持っていた。有名な小説家の D・H・ロレンス（1885-
1930）やジョゼフ・コンラッド（1857-1924）──皮肉にも、い
ずれもナチの焚書の犠牲者である──また、世界的に有名な詩
人のウィリアム・バトラー・イェイツ（1865-1939）や T・S・エ
リオット（1888-1965）は、現代資本主義の質の低下に対し、ヒ
トラーと苛立ちを同じくしていた。彼らはまた、懐疑的でも冷
笑的でもなく、より神話的・有機的な過去に憧れる気持ちが、
ある程度まで共通していた。彼らには、ノルデが目の当たりに
したこの種の政治哲学をじかに見る機会はなかっただろう。だ
が、多少なりとも同じ偏見を抱いていたのは間違いない。

芸術的相違

　エミール・ノルデのような反ユダヤ主義者の作品を「ユダヤ
的」として批判する、こうした恣意的な芸術規範からは、ほかに
も芸術界での強い反感を引き起こす要素があったのだろうかと
いう疑問が生じる。確かに、これには党内の権力闘争が関わって
いたように見える。しかし、元々「職業」画家だったヒトラー
は、自身の作品は保守的だったものの、前衛に敵意は持ってい

ないようだった。ナチの映画や宣伝活動は、いろいろな部分で大いに革新的だった。ヨーゼフ・ゲッベルスは詩人になるという野心を抱いていた。

ゲッベルスはノルデのような、きわめて冒険的な芸術を擁護していたようだ。しかし、彼はアルフレート・ローゼンベルク（1893-1946）の激しい反対に遭った。ナチという言葉ができる以前から党に属していたローゼンベルクは、ヒトラーの９カ月前にドイツ労働党に入り、ヒトラーがランツベルク刑務所にいる間、ナチスを守ってきた。人種や社会から現代芸術に至るまで、あらゆるものに対するローゼンベルクの思想の狂信的な神秘主義は、ヒトラーを超えていた。

映画はナチスが改革を受け入れた分野だった。レニ・リーフェンシュタールは、彼らが生んだ大芸術家に最も近い存在だった。

銀幕の偶像

恋愛関係にあったという噂は証明できないが、ヒトラーがレニ・リーフェンシュタール（1902-2003）に心からの深い敬意を抱いていたのは間違いない。概してドイツ人監督の映画を古典的と考えている戦後映画界の最も優れた映画人や批評家も、ヒトラーの意見に賛同している。リーフェンシュタールは、総統のセンスに完璧に応えていた。彼女の映画は、明らかに愛から来る自発的な仕事だった。ただし、その愛がいかなるものであったかははっきりしていない。『意志の勝利』（1935）は1934年のナチ党大会を記録し、感動的にドラマ化したものであり、『オリンピア』(1938)は1936年のベルリン・オリンピックを一大叙事詩として描いた。今では技術的に時代遅れに見えるが、これらの映画はこうした中毒的な時代の興奮を生き生きと再現している。しかも、肝心な部分は色あせていない。粗野なプロパガンダに真の創造性をもたらし、ありふれたメッセージの発信に純粋な芸術的革新をもたらしたリーフェンシュタールは、ヒトラーの構想を銀幕に生き生きと描いてみせたのである。

これは「病気」だと彼は言った。隠喩だけではなく文字通りの意味でも。それを説明するために、彼は現代絵画の男女の顔や姿形を、醜い容貌や先天性欠損症者の写真と比較した。彼は19世紀のアカデミック芸術の、理想化された古典主義を好んだ。総統は自分の天職を明らかに忘れ、ローゼンベルクとゲッベルスの争いをほとんど傍観していた。ドイツ芸術という競技場で行われた、縄張り争いとも言える戦いに勝ったのは前者だった。

未来を築く

　手始めに、総統はナチの「外見」のあらゆる面に強い関心を向けた。支持者の制服のデザインから党の記章、党の大集会でのその贈呈式に至るまで。ナチ国家の建築物が、より逐語的な意味のアーキテクチャ（構造）として、彼の興味を惹いたのも驚くことではない。

> ナチ国家の建築物が、より逐語的な意味のアーキテクチャ
> （構造）として、彼の興味を惹いたのも驚くことではない。

　公共建築物は当然、きわめて意識的に国家をたたえる様式の中心となった。大規模で威風堂々としていることが、正しく導かれた国民の力を強調するのである。新しいのかもしれないが、ナチの建築様式は保守的で、ギリシア・ローマの古典主義のパロディだった。どちらの文明も、私や個人よりも上に社会や帝国が置かれていたと言っていいだろう。規則的で均整の取れた建築からは、深みや繊細さ、隠れた意味はみじんも感じられない。それらは安心で、わかりやすい。
　ナチの美学の最も完璧な例は、ベルリンのオリンピック・ス

タジアムだろう。1936 年に主催したオリンピックのために造られたものだ。結局、このスタジアムはヒトラーの屈辱の場となった。アフリカ系アメリカ人のジェシー・オーエンス（1913-80)が 4 つの金メダルを獲得し、アーリア人の功績の誇示を台無しにしたのだ。

　だが、ほかにも数多くの例がある。ヒトラーの意図は、彼とナチ国家の権威をドイツ国民に印象づけることだった。1937 年、彼は建築家のアルベルト・シュペーア（1905-81）に委託し、ベルリンの町全体を作り直させた。

領土拡張論者の目的

　ヒトラーはヨーロッパの構造もデザインした。ドイツ語圏であるザールラントや西ラインラントがフランスに管理されてい

ベルリン・オリンピック・スタジアムの形を借りた、流行遅れの古典主義を強化したナチの建造物は、畏敬の念をかき立てる。だが、それ以外には何も感じない。

るのは耐えがたい屈辱だった。ヴェルサイユ条約の取り決めは明らかに懲罰的であったため、ヒトラーの不服は特に異常なものでも、理不尽なものでもなかった。

　数年にわたる反対運動ののち、1935 年、国際連盟はザールラントの住民に、ドイツの一部になるかどうかを巡って国民投票を行う権限を与えた。この第一歩に気をよくしたヒトラーは、翌年ラインラントに派兵し、占拠してフランスの出方を見た。何も起こらなかった。ヒトラーの隆盛に、西ヨーロッパ諸国の

ヒトラーとくつろぐ

　ヒトラーの政治的な株が急上昇するにつれ、『わが闘争』の売れ行きも上がった。以前は半狂乱になった負け犬の殴り書きと思われていたものが、新しい偉大な指導者による、魅力的な回想録であり声明となったのである。金が流れ込むようになった総統は、現在の地位にふさわしい私生活を作り上げることに乗り出す。首相として、ベルリンに堂々とした壮大な官邸を持っていたが、彼は自分を個人崇拝の対象にしようとしていた。それはつまり、彼の人格と生活全体に焦点を当てることであり、公務外の時間は公務と同じくらい重要だった。パフォーマンスとしての私生活という考えは、現在のセレブ文化には不可欠だが、1930年代にはまだきわめて新しかった。

　ヒトラーのイメージ操作の才能は、彼を裏切らなかった。革装の本に囲まれ思索にふける様子を写真に撮らせ、歴史画の並ぶ首相府で自分の責務に（禁欲的な）重みを与えた。しかし同時に、アルプスの健全な景色と澄んだ空気の中でくつろぐ姿を垣間見せた。彼は1920年代からオーバーザルツベルクを訪れていた（マリア・ライターと会ったのもそこである）。しかし今では、彼はそこにヴァッヘンフェルト・ハウスを購入できるようになった。以前は借りていたこの山荘は、質素なものに喜びを見出す魅力的な男性が、仲間やペットと庭で「くつろぐ」のにふさわしい背景となった。1937年からは、ヴァッヘンフェルト・ハウスを改築し、大幅に拡張して、ベルクホーフの名で知られる非常に豪華な別荘にした。

政府はパニックで動けなくなっていたのである。そして、この領土は再び帝国のものになった。

　ヨーロッパ全体では数で勝っていたが、ヒトラーはムッソリーニ率いるイタリアと自国とが、ヨーロッパの中心でしっかりとした「枢軸」を作っていることで安心感を得ていた。すでに枢軸と言われていたものが、1936 年に条約によって承認されたのである。このヨーロッパ列強に、のちに日本が加わることになる。

公務をしばし忘れ、ベルクホーフでくつろぐヒトラー。画面の隅々まで細かく管理されている。

西の国境に対するドイツのこうした工作は、失った領土を取り返すという象徴的な重要性はあったが、準備運動と変わらなかった。しかし『わが闘争』の後半では、ヒトラーは広大なレーベンスラウム、すなわち生存圏をスラヴ人の領土から切り出すことの正当性を主張している。「自然は政治的境界を知らない」彼はそう主張する。むしろ、競争や彼の言う「諸力の自由競争」が、その土地の最も広くてよい地域を「優れた」民族や人種に与えるのである。

　こうした亜ダーウィン主義的な飛躍にもかかわらず、ヒト

枢軸国同士の散歩。ムッソリーニのイタリアへのヒトラーの憧れは、第二次世界大戦が始まると長くは続かなかった。

ラーは自分に都合のよい歴史の先例や世襲の「称号」を利用した。彼はオイウムという構想をよみがえらせるため、古代史にさかのぼった。オイウムはヨーロッパの東端とアジアの西端のステップ地帯の広大な領土で、ゲルマン人である東ゴート族からスラヴ人が奪った土地だった。そこは間違いなくゲルマン人のものになるべきだと彼は主張した。

　東方政策の正当化にどんなに一貫性がなくても、国境を東へ拡大するのはドイツの運命、さらに言えば義務だという彼の主張は揺るがなかった。ドイツは継続的な支配に必要な人口の急増を支えるため、呼吸のできるスペースと穀物を育てる豊かな土地が必要だった。劣性人種とわかりきっているスラヴ人は、殺すか奴隷にすればよい。

帝国の再武装

　ヴェルサイユ条約は、ドイツを非武装化するために断固としてあらゆる手を尽くした。ほとんどの政治思考傾向のドイツ人が屈辱を感じた。ワイマール共和国でさえ、国が愛国的な誇りの源とした軍隊を再建するため、慎重にできるだけのことをした。しかしナチスは明確に軍国主義を目的としていた。『わが闘争』に見られるように、ヒトラーは第一次世界大戦を利用して、彼の新しいナチ国家を神話化した。フロントゲマインシャフト（前線の共同社会）という理想は、それに欠かせない倫理だった。ヒトラーユーゲントへの初入隊から、ドイツの少年少女は自分たちを祖国と総統の兵士とみなすことを奨励される。突撃隊は準軍事的な路線を進む。生存圏という教義と、それを支える力というイデオロギーは、その達成を好戦的な征服に頼っている。

　彼の権力が上昇したのは、大恐慌のどん底にあったことと呼応している。ヒトラーはドイツの一種の「ニューディール政

策」として、大規模な再軍備を進めた。飛行機、戦車、トラック、爆弾、迫撃砲、大砲、小火器、弾薬、有刺鉄線、その他、現代の戦争を行うのに必要なありとあらゆるものを発注したことは、ドイツ工業が大好況を迎えるきっかけとなった。アウトバーンの建設など、その他の計画は、より広い戦争遂行努力とより全体的な繁栄のために行われ、ナチの支配への熱狂をかき立てるのに大いに役立った。

　ドイツが強くなるにつれ、支配者層はますます向こう見ずになり、近隣国とその同盟国はますます神経質になった。この頃には、誰もヒトラーに逆らおうという気にならなかった。1938年

ミュンヘンで、ナチの儀仗兵の前を通ってヒトラーに会いに行くネヴィル・チェンバレン（前列右）。それは悪名高い外交取引となった。

9月29日、イギリス首相ネヴィル・チェンバレン（1869-1940）はミュンヘンへ飛んだ。彼はそこで「われらの時代の平和」を確保するため、ドイツがチェコスロヴァキアのいわゆるズデーテン地方（実際には、ドイツ語を話すいくつかの地域を指す）を併合することに同意した。ドイツのユダヤ人は、平和を望めなかった。水晶の夜（11月9日から10日にかけての夜）が明けると、道にはユダヤ人の商店や家の割れたガラスが散乱し、90人以上が犠牲となった。

最高の敵

　ヒトラーとスターリンは、現在では20世紀の独裁政治の対極と考えられている。ひとりはファシズムの顔、もうひとりは共産主義者の弾圧者として。しかし、1930年代の混乱した外交事情の中では、こうした硬直した単純さは通用しないように思わ

誕生日の主役

　独ソ不可侵条約に続く紛争は、歴史の主流が「前進」した何世代も後になって、政治的にも歴史的にも奇妙な渦を巻き起こした。ロシアのバルト三国併合は怒りをかき立て、エストニア、ラトビア、リトアニアの右翼過激派は、ソヴィエト時代を通じてヒトラーの誕生日（4月20日）を公然と祝った。さらに、エストニアのタルトゥと

タリンでは、21世紀になってからも長いこと「スキンヘッド」がこの日を記念した。リトアニアのヴィリニュスでは、この日にユダヤ人墓地を襲撃した。もちろん、そもそも「ソヴィエト」の侵攻を許可したヒトラーの役割を考えれば、これは皮肉なことだ。しかし、ナチズムやその派生物にとって、合理性は関係ないのである。

水晶の夜という名の由来となった割れたガラスは、ほんの序の口だ。国家の後押しによるこの大虐殺で、大勢のユダヤ人が殺された。

れる。

　かくして 1939 年 8 月 23 日に合意がなされ、ドイツの外務大臣ヨアヒム・フォン・リッベントロップと、ロシアのヴァチェスラフ・モロトフが署名した。独ソ不可侵条約は、決して友好協定ではなかったし、相互協力を約束するものでもなかった。それは片方の国が第三国に攻撃されたとき、もう片方の国は中立を保つという誓約だった。スターリンが速やかにヒトラーと取引したのは、もっともなことだが、特にこの「不可侵」条約が、両調印国がすぐさま侵略に乗り出す合図であったからだと歴史家は考えている。ドイツの場合はポーランド、ソ連はバルト三国である。

「不可侵」条約は、両調印国がすぐさま侵略に乗り出す合図であった。

　スターリンは、自身とソヴィエトに対するヒトラーの態度に幻想を抱いていなかった。彼の考えでは、西の民主主義諸国よりはましというところだった。資本主義打倒の誓いは、共産主義の中心をなしていた。ロシア革命の初期、西ヨーロッパ諸国は（イギリスの政治家ウィンス

外国の友人

　アメリカ大統領フランクリン・D・ローズヴェルト（1882-1945）は、ヒトラーの隆盛を非常に警戒していたが、国民には彼の不安はそれほど広まっていなかった。多くのアメリカ人がドイツの血を引いており、多数派ではない人々は、特に反目し合ってもいない国を相手にした戦争に参加するのに及び腰だった。ヒトラーの反共産主義はどちらかと言えば賞賛すべきものに思われ、反ユダヤ主義については、人種差別が大っぴらに行われていた時代でもあり、非ユダヤ系アメリカ人はさほど大騒ぎしなかった。アメリカで最も有名な個人の信奉者としては、実業家のヘンリー・フォード（1863-1947）や、在英アメリカ大使としてロンドンに駐在し、民主党王朝の祖となったジョセフ・P・ケネディ（1888-1969）がいる。ふたりとも、実際にヒトラーに会ったことはなかった。

　イギリスもまた、この危機を直視しようとはしなかった。第一次世界大戦で一世代を失ったイギリスでは、再び戦争に乗り出そうという気持ちは激減していた。一方で大多数の人々、特に多くを失ったと感じていた昔ながらのエリートは、ナチス・ドイツがソヴィエトの共産主義に対抗するのを歓迎した。自身は社会主義者ではないが、歴史によって多くの同時代人よりも先見の明があったことを証明されたウィンストン・チャーチル（1914-1948）は、ネヴィル・チェンバレンの融和政策への警告をあっさり無視され、見捨てられた人物である。「カントリーハウス・ナチズム」は実際にあった。ユニティ・ミットフォード（1874-1965）は、「歴史上最も偉大な男」に対するイギリス貴族階級の信奉者の中で最も悪名高い。ふたりが恋人同士だったかどうかは定かではないが、彼女とヒトラーはきわめて親密だった。

　総統の特別な魅力に心を奪われたのは女性だけではなかった。初代ロザミア子爵で『デイリー・メール』紙の社主でもあったハロルド・ハームズワース（1868-

1940）にとって、ヒトラーは栄誉ある君主「大アドルフ」だった。ヒトラーの取り巻きの中には本物の国王もいた。ただし、エドワード8世（1894-1972）は1936年、離婚歴のあるアメリカ人女性ウォリス・シンプソンと結婚するため、わずか数カ月で王位を捨てている。ウィンザー侯爵夫妻としてヒトラーと親交を続けてきたことは（彼らが出会ったのは1937年のことである）、戦中・戦後のベルリンでスキャンダルと疑惑をかもした。

イギリスとアメリカのヒトラー信奉者は数少なかったが、影響力があった。ユニティ・ミットフォードは（華やかなことでも有名な）貴族の名家の出身だった。

1939年、ヨシフ・スターリンの慈愛に満ちたまなざしの下で、独ソ不可侵条約にソヴィエト側として署名するヴャチェスラフ・モロトフ。

トン・チャーチルの言葉で）「ボリシェヴィキを揺り籠にいるうちに締め殺す」ために、あらゆる手を尽くした。しかし、彼らはヒトラーがしたように「ユダヤ・ボリシェヴィズム」について熱弁をふるうことはなかった。また、戦争を一種の精神的な成就のように語ることも、（主にロシアの）生存圏という言葉を畏敬の念を込めて口にすることもなかった。そのため、1930年代になると、ソヴィエトの独裁者は外務大臣マクシム・リトヴィノフを通じ、西側の列強に次第に血迷った交渉を持ちかけるようになった。彼らが反ファシスト同盟に加わることを期待してのことだ。しかし、こうした提案がことごとく拒否されると、スターリンは（ユダヤ人である）リトヴィノフと彼の交渉をあっさり捨て、結局は「リッベントロップ＝モロトフ協定」に向かったのである。最終的に、危機に瀕していたのはソヴィエトの生存だった。

　ヒトラーにとって危機に瀕していたのは、東の前線の防御を確信した上での自由な行動だった。ロシアや共産主義者との契約は待ってもいい。その間、彼は明らかに混乱している西ヨーロッパを冷静に見ていた。その指導者たちは、また戦争が起こるのではないかという思いでパニックの瀬戸際まで来ていた。

第7章 戦争への回帰

第一次世界大戦が、ヒトラーの構想に
決定的なインスピレーションを与えたとしたら、
それを最終的に実現できるのは2度目の戦争だけだ。
ナチズムはどう見ても、
ドイツ人を軍事的優位に駆り立てるものでしかなかった。
ドイツはすべてを征服する。さもなくば、戦って死ぬかだ。

「生きようと望むものは、したがって戦わねばならぬ、この永遠の格闘の世界で、争うことを望まないものは生きるに値しない」『わが闘争』から引用したこの文には、荒々しい詩がある。しかし同時に、一種の警告もある——少なくとも、あってしかるべきである。これらは責任ある指導者の言葉でもなければ、無茶であっても本質的に理性をそなえた言葉でもなかった。これは戦争の興奮にロマンティックな憧れを持つ狂騒的な叫びだ。戦闘から実存主義的な哲学を引き出し、死に至る戦闘を真に生きるための唯一の道に見せるというのは、まったく倒錯しているし、現実の社会や国家を運営できるはずもない。しかし、ヒトラーはこう感じていたようだ。戦争は目的のための手段であるばかりでなく、目的そのものでもある。それだけではなく、その究極の目的は全滅であると。

　ヒトラーの権力の上昇をたどると、現実政策における彼の手

1940年、ヒトラーとベルクホーフを出て散歩に向かうエヴァ・ブラウン。元カメラマン助手の彼女は箱型カメラを手にしている。

不運な13分

1939年11月8日、ヒトラーとその取り巻きは、ミュンヘンのビュルガーブロイケラーで、最初の「一揆」から15年が経ったことを記念していた。祝賀会は衝撃と混乱で終わった。強力な爆弾が爆発し、ナチの高官6名が死亡、60名以上が負傷した。

総統は思いがけず早めに退席していた。爆弾がほんの13分早く爆発していたら、ヒトラーもそれに巻き込まれていただろう。実際には、ヒトラーはこの事件を、自分の無敵さを示すのに利用した。襲撃は、労働組合員ヨハン・ゲオルク・エルザー（1903-45）

の（何週間にもわたる）計画だった。彼はまず、1年前にビアホールを偵察していた。建具屋としての訓練を受けたエルザーだが、1939年の大半はまず武器工場、続いて採石場で働いている。その両方の利点を利用し、彼は爆弾と起爆装置で武装した。手製の爆弾は、主賓が演説をする演壇の後ろの柱をくり抜いた空洞に、注意深く押し込まれていた。

エルザーはダッハウに送られ、戦争中をそこで過ごした。彼が処刑されたのは1945年のドイツ敗北前夜のことである。

ヒトラーの目の前で爆弾を爆発させるというヨハン・エルザーの計画は、標的を狙いそこねただけでなく、ヒトラーに無敵というオーラを与えることとなった。

腕に驚かされる。その機知、実用主義、そして狡猾さに。国内
で、彼が敵の間にどうやって分裂の種をまき、数多くのきわめ
て重要な勢力の支援をとりつけたかを見れば、その抜け目のな
さと機敏さに驚嘆する。しかし最後には、破滅への夢——死へ
の願望とすら言ってもよい——が、どんな征服心よりも強い動
機になっていたのではないかと思わざるを得ない。

攻撃防御

　第二次世界大戦に向かう初期段階での、総統の容赦ない狡猾
さや断固とした派兵を、誰も責められないだろう。リッペント
ロップ＝モロトフ協定の署名のインクが乾く間もなく、1939 年
9 月 1 日には、ドイツはポーランドに侵攻した。ヒトラーはこ
れを侵略だとは認めていない。彼は、ポーランド西部で包囲さ
れているドイツ語を話す人々の「防衛戦争」だと主張した。
　イギリス連邦とフランスは、連合国ポーランドとの誓約を守

行動の準備——1939
年、ポーランド侵攻の直
前にドイツ兵の一団を
視察するヒトラー。

るため、ほとんど時を置かずドイツに宣戦布告した。しかしこの
時点で、事態は収束に向かったかに見えた。堅苦しい言葉はさて
おき、連合国はドイツ軍の占拠をほぼ妨げることなく続けさせ
ていたのだ。ドイツ港の海上封鎖はほとんど影響がなかった。
フランスによる小規模な「ザール攻勢」も効果がなかった。ソ
ヴィエトはそれから3週間と経たないうちに、東からポーラン
ドに進出した。彼らの場合は、以前ソヴィエト連邦のベラルー
シ、ウクライナ、リトアニアから取り上げられた領土を「取り
戻す」という口実だった。ここでもまた、西ヨーロッパ諸国は
手をこまねいて心配する以外の反応を見せなかった。ヒトラー
は勇気づけられる一方だった。

　一定の安定期間を置いた後、ヒトラーは攻撃に出る。8カ月
にわたる「まやかし戦争」は、1940年5月10日、フランスと
低地帯への侵攻によって突然終わりを告げた。この西ヨーロッ
パでの初めての攻勢は、電撃戦（ブリッツクリーク）が勝利を
おさめたことで有名だ。自動車化された装甲兵器で高速で戦う
ものである。

　フランスに送られたイギリス海外派遣軍は、「大鎌」作戦に
よって完全に孤立し、安全を求めて混乱した。「奇跡が起きな
い限り、イギリス海外派遣軍は助からないと思った」と、第2
軍団の司令官アラン・ブルックは語っている。しかし、奇跡は
起こった。率いたのはイギリス海軍だが、ほとんどは漁船から
フェリーまで民間の船を利用した5月26日から6月4日にかけ
てのダンケルク大撤退は、包囲されたフランス軍とイギリス軍
25万人を助け出した。軍事的観点から見れば大した違いはない
かもしれない。連合軍が大きな「損失」を出したのは変わりが
なかった。しかし、打ちのめされていたイギリスは、このこと
で多少のプライドを取り戻した。

パリを掌中に収めたヒト
ラーは、建築家のアル
ベルト・シュペーア（左）
と芸術家のアルノ・ブ
レーカー（右）とともに、し
ばし文化ツアーに出かけ
る余裕ができた。

アングロサクソンの両面性

　イギリスはヒトラーが初めて躊躇の兆しを見せた数カ月の間に、大いに回復した。ヒトラーのイギリスに関する弁説は、常にほかの国に比べて融和的だった。アングロサクソン人のイギリスが、ゲルマン人のルーツを持つことを再発見するのを期待していたのだろうか？

　1940年6月19日、彼は国会で「理性への最後の訴え」という演説までした。演説原稿のコピーは、その後イギリス南西部の空から投下された。ヒトラーはほとんど哀願するように言っている。ドイツはヴェルサイユ条約で課せられた不平等な罰から、そしてユダヤ人の共産主義者と、民主主義によって利益を得る富豪という足かせから、自国を自由にしたいだけなのだと。

「私はイギリスに対する水陸両用作戦の準備をすることを決めた」

　歴史家のアンドリュー・ロバーツは、2009年の研究書『戦争の嵐（The Storm of War）』で、ヒトラーが大英帝国の功績を率直に賛美していたと指摘している。フランスをめぐる争いが激化する中でも、彼はイギリスが世界に「文明」をもたらしたことに賛辞を惜しまなかった。ロバーツはさらに、ナチの侵略計画を「ずさん」なものとし、それは総統がこの戦いに気が進まなかった証拠だと指摘している。

　「絶望的な戦況にもかかわらず、イギリスが合意に至る気配を見せないため」と、ヒトラーは「総統命令第16号」を始めている。「私はイギリスに対する水陸両用作戦の準備をし、必要とあらば実行することを決めた。本作戦の要点は、イギリス本土が

1939年9月、戦略を立てるヒトラーと将軍たち。この時点では、戦場で行うのが正式だった。

対ドイツ戦争継続のための基地として使われるのを防ぐことである。必要なら、島全体を占領することもある」

　ここでのヒトラーの言葉遣いには、どこか曖昧なところがある。出だしはまるで最後の説得のようだ。さらに、直接的な脅しになっても、どこか腰が引けている。「準備した」でも「実行することを決めた」でもなく「準備することを決めた」というのである。その上「必要とあらば」侵攻を「実行する」という。さらに正当化するような次のパラグラフは、イギリスをなだめ、占領するのは気が進まないが、純粋に防衛精神から「必要なら」実行すると約束しているかのようだ。

ためらうアシカ

　これは外交的な駆け引きだったのかもしれないが、ヒトラーの躊躇が本物だったという兆候が表れている。彼は「アシカ」作戦、すなわちイギリスへの侵略開始の合図を出すのを遅らせたがっているようだった。

　計画は、水陸両用軍が「ラムズゲートからワイト島までの広範囲の前線」から上陸するというものだった。大陸から遠く離れ

彼の侵略軍がどれほど手強いものだとしても、ヒトラーはまず海峡を越えなければならなかった。そのためには、イギリス空軍を破る必要があった。

たこの地で、ルフトヴァッフェ（ドイツ空軍）は砲兵隊として任務を果たさなければならなかった。ドイツ海軍は海を守る。8月に侵攻を開始するとすれば、やることは数多くあると総統は言っている。

> a イギリス空軍はそれまでに、物理的にも士気的にも無力化しておかなければならない。そのことで、ドイツの侵攻に目立った抵抗ができなくなる。
> b シーレーンの機雷は除去しなくてはならない。
> c ドーヴァー海峡の両入口、およびオルダーニー島からポートランドに至る西からの海峡の入口は、機雷原によって封鎖しておくこと。
> d 上陸地帯は、大陸沿岸の重砲兵隊によって防御されなくてはならない。
> e イギリス海軍は、侵攻前の時点で北海と地中海（イタリア軍によって）で拘束しておかなければならない。

　言い換えれば、イギリス海峡全体が、完全にドイツ海軍の手中になくてはならないということだ。これにより、空軍はその上空を支配することができる。特に、ドイツは上陸用舟艇を持たなかったからだ。ヒトラーはすべてを運河または川の将官艇でまかなうつもりだった。クリークスマリーネ（ドイツ海軍）は、ドイツと征服下のベネルクス諸国から2000あまりの船を徴収したが、エンジン動力の船はそのうちわずか3分の1だった。しかもそのエンジンは、保護された内陸の水路で使用するためのものだった。残りはタグボートその他の動力船に曳航されて運河を渡らなければならなかった。しかも目的地に着いた後は、乗っていた兵士が安全に上陸できる場所に、慎重かつ正確に移動させなければならない。戦車やトラック、重装備、あらゆる資材は、無駄なく降ろされなければならない。これらは

戦火の下や荒海の上で実行できるようなものではなかった。一事が万事そのような調子だった。

　結局、何も実現しなかった。ドイツ空軍がヒトラーのリストの「a」項目を果たせなかったため、ほかのすべても実現不可能、または無関係なことになってしまった。ドイツ空軍による波状攻撃はイギリスの戦闘機に撃退され、9月の末には、アシカの時期は明らかに過ぎていた。

分裂した注意

　「指導者の技術というものは、第一に民衆の注意を分裂させず、むしろいつもある唯一の敵に集中することにある」と、ヒト

[右] 東プロイセン州の森にある「狼の砦（ヴォルフスシャンツェ）」。この重武装した掩蔽壕から、ヒトラーは「バルバロッサ作戦」の指令を出した。

[下] 1941年のソ連侵攻の初期、燃え上がる納屋。ドイツの歩兵は、まもなくこのスマートで手入れの行き届いた身なりを続けることができなくなる。

ラーは『わが闘争』で述べている。この戦略は、政治家としての成功を目的とした長く断固とした闘争の間、彼によい結果をもたらしてきた。戦争を行うときにも、この点に留意すればよかったのかもしれない。だが彼は、イギリスが以前の彼の言葉で「戦争継続のための基地」となっている状況で、数カ月後、東にさらなる前線を作った。1941年7月22日、「バルバロッサ」作戦が開始される。独ソ不可侵条約を破り、ヒトラーはロシアに侵攻した。4500万の兵、60万の戦車、トラック、自動車、また50万以上の馬という、史上最大の侵略軍だった。世界最大の国に沿った、ほぼ3000キロメートル（1800マイル）の前線で戦うためには、その必要があったのである。

　しかも、その目的は遅れを最小限にして、素早く、手際よく達成されなければならなかった。さもないと「冬将軍」がソヴィエトに味方するからである（19世紀にナポレオンがそれに阻まれたのは有名である）。ヒトラーは陸軍に、モスクワ陥落まで4カ月という期間を与えた。もし彼らが8月の初めにスモレンスクを取れば、実現可能なスケジュールに思われる。それに気を取られ、前進を早める中、軍は側面をがら空きにしてしまう。ところが、ヒトラーはいったん休止を命じ、その間に北はレニングラード、南はキエフを攻撃させる。フランツ・ハルダー（1884-1972）、フェードア・フォン・ボック（1880-1945）、ハインツ・ガデーリアン（1888-1954）といった経験豊富な将軍たちは、大事なモスクワ進軍の勢いが失われることを危惧して強く助言したが、にもかかわらずヒトラーはそうしたのである。

　ヒトラーの躊躇が招いた反撃は、すぐには効果はなかったが、ドイツのモスクワへの進軍と目的達成を遅らせた。連合国がダンケルクからの撤退に成功したことは、ドイツ軍にとっては小規模な後退だったが、打ち負かされた敵に希望の根拠を与えた。それは、彼らが死ぬまで戦うという決意を固めるのに十分な希望だったと思われる。キエフは9月の終わりに陥落した

狼の砦

　現在のわれわれは、ヒトラーの自己演出にあどけない少年らしさを感じるかもしれないが、彼はそのような部分を恥ずかしがることはなかった。彼は何ら照れることなく「狼」という愛称を自分につけている。「バルバロッサ作戦」の着手にあたって東部戦線の秘密指令部が必要となったとき、彼がそこに現代の「男の隠れ家」のような性格を持たせ「ヴォルフスシャンツェ（狼の砦）」という正式名をつけたのも自然なことだ。

　東プロイセン州の奥地、どの場所からも遠く離れ、森に囲まれたごつごつした土地は、頂点を極めた肉食動物の自然の棲み家だった。その周囲には、6平方キロメートル（2.5平方マイル）を超える広大な、念入りにカモフラージュされた管理センターがあり、2000人にのぼるスタッフが配属されていた。

　狼の砦は、「鷲の巣」と混同してはならない。一つは総統がベルクホーフの上のめまいのしそうな山頂に造った小さな山荘で、もう一つはヘッセン州のタウヌス山地にあるクランスベルク城の地下に造られた掩蔽壕を指す。

狼の砦は、広大な極秘の複合施設の中心だった。

が、レニングラードは伝説的な 872 日間の包囲戦を持ちこたえた。その間、モスクワ周辺では赤軍が再編成されていた。

　時はソヴィエトに味方した。月日が過ぎ、天候が悪化するにつれ、ドイツ軍は初めはぬかるみに悩まされ、続いて気温の低下でエンジンや大砲が完全に使えなくなり、軽装の兵士は重度の凍傷に見舞われた。このときでさえ、ソヴィエトの反撃を受けながら、ヒトラーは将軍たちが望む戦略的後退はせず防御線を守ることを主張した。これもまた「塹壕からの視点」なのだ

1940年、枢軸国が優勢となり、総統もイル・ドゥーチェも笑みを浮かべている。しかし、イタリアとの関係は最終的に悪化する。

ろうか？　ヒトラーはここで、戦術家としてだけでなく指導者としての限界もさらけ出した。ベックもガデーリアンも 40 人の高官に含まれている人物だったが、モスクワ陥落に最終的に失敗した責任を取らされ、その地位を失った。

負債

　第 5 章で見たように、ヒトラーはシラーの「強者は単独で最も強い」という意見に強く共感していた。恐らく、強い国も同じと考えていたのだろう。しかし開戦前のナチス・ドイツは、

プロジェクト・リーズの一環として、ポーランドのクションシュ城に作られたトンネル網。東ヨーロッパに大規模な司令部を作るという計画は完成しなかった。

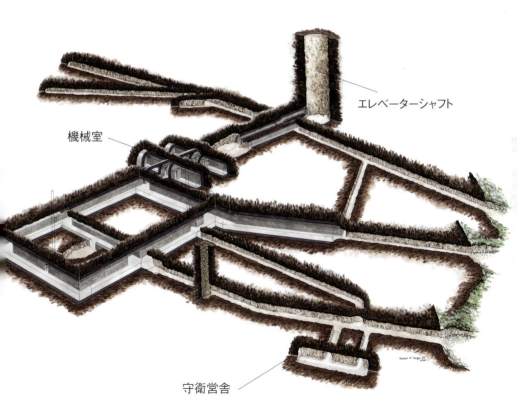

エレベーターシャフト

機械室

守衛営舎

数にある程度の安心を感じていた。そこで、イタリアや日本といった枢軸国との協定が結ばれた。ヒトラーのベニート・ムッソリーニへの崇拝は心からのもので、長く続いていた。また大日本帝国とは、ソ連への懐疑と連合国への対抗という共通の利益があった。その後、戦争の形勢が変わると、彼はイタリアを「厄介者」と考えるようになり、ある意味で同盟関係に苛立ちすら感じるようになる。1940年のイタリアによるギリシア侵攻はたちまち窮地に陥り、ドイツはバルカン半島での長期化する軍事作戦に巻き込まれた。また、イタリアとの結束にも不満があった。1941年春、ヒトラーは北アフリカの西方砂漠での戦闘を開始した。ムッソリーニはエジプトを占領することで自身のエチオピア侵攻（1935年）を補足し、イタリア領アフリカの領土を一続きにしようとした。砂漠の戦争の現実は、彼が考えていたよりも困難だった。

　さらに重要で、恐らくさらに理解しがたいのは、日本の真珠湾攻撃から4日後の1941年12月11日、ヒトラーが枢軸国の義務を尊重し、アメリカに宣戦布告したことである。彼の決断は歴史家を途方に暮れさせた。表向きは、枢軸国の条約に基づいて日本を支援したものだが、彼がそう決断したことで、アメリカがヨーロッパの戦争に引き込まれたのである。

家庭の快適さ

　フロントゲマインシャフトをいくら口にしても、冬には気温がマイナス40度にもなる東部戦線で耐えている者と、ドイツにいる総統や最高司令部とは、実際には比べものにならない差があった。溝ができるのは避けられない。それ抜きで戦争を遂行するのは実質的に不可能だが、このときの違いはとりわけ厳しく感じられたはずだ。そこでヒトラーは、一種の二重生活を送らなければならなかった。彼が享受している国内の快適さ、と

ベルクホーフで山々の景色を楽しむエヴァ・ブラウン。戦争の苦難とは別世界だ。

りわけエヴァ・ブラウンとの家庭生活を軽視しなくてはならな
かったのだ。

　彼らは全体的に見れば中産階級の夫婦のようだったが、結婚
式と改姓だけがなかった。エヴァはベルクホーフで暮らし、ア
ドルフができる限り頻繁にそこを訪ねた。ある程度までは、ふ
たりは関係を公にしていた。週末ごとに来ては去っていく要人
たちを、エヴァは女主人としてもてなした。しかし、彼女が公
の場でヒトラーの隣に姿を見せることはなかった。ここでも、
総統は戦士のリーダーで、どんな女性的な優しさにも心を動か

平和で俗世を離れたベ
ルクホーフで、写真を見
るアドルフとエヴァ。こう
した写真は、自信と落ち
着きというメッセージを
発信している。

されない禁欲的なイメージを守る必要性を感じていたようだ。説得力のある論理である。しかし、ヒトラーにとってそのことが、女性を独占する強くて影響力のあるボスという考えよりも勝っていたというのは、独裁者の中でさえ普通ではないという印象を与える。ヒトラーの性的志向は何年も前から憶測の的となっており、ベルクホーフを訪れた人々の中には、この「カップル」が同じ寝室を使っていない事実をことさら強調する者もいた。しかし、この時代には特に異常なことではなかったし、別の客は——彼らのほうが正確に見ていたのか、単に義理堅かっ

ベルクホーフでのふたりは、どこから見てもブルジョアの夫婦だ。エヴァは着飾り、熱心に相手を思いやっている。アドルフは長く厳しい一日の後で居眠りしている。

たのかはわからないが——ブラウンとヒトラーの寝室の間には
行き来できるドアがあったと主張している。

アドルフの依存

　ヒトラーの敵は、彼の風変わりなところに過剰な関心を持っ
たが、最も近い友人でさえ、ヒトラーは生涯にわたり心気症に
悩んでおり、健康への強迫観念は晩年に向かうにつれて着実に
悪化していったと証言している。アメリカ陸軍情報部は、彼が
定期的に摂取していた 74 種類の薬物をリストにした調査書類
をまとめたが、証人によっては、その数を 90 近いとする者もい
た。当然のことながら、センセーションをかき立てようとする
人々は、ヒトラーが依存していたと思われる現在では違法な薬
物の数々に飛びついた。例えばコカイン、ヘロイン、アンフェ
タミン注射（「クリスタル・メス」と呼ばれるメタンフェタミン
も含まれる）などである。しかし、より気がかりなのは、彼が
（きわめて異例の医学理論によって）受けていたホルモン関連
治療だ。例えばテストステロン、エストラジオール（女性ホル
モン）、コルチコステロイド剤である。
　こうした薬物治療の集合体は、性的能力や生殖能力に対する
不安を示しているのかもしれないが、治療がどのように役に
立ったかはわからない。また、特に性的ではない事柄に対する不
安だった可能性も指摘されている。きわめて過酷な役割の中で
エネルギーを保つとか、活力に満ちて若々しい、指導者にふさ
わしい外見を保つといったことである。しかしそのどれもが、
予測もできなかった生理的・行動的反応につながった。これら
の薬物は彼が徐々に募らせていた不安定さや偏執症に影響して
いたと言われている。神経衰弱の原因として考えられることは
数えきれない。梅毒のためだと言う者もいるが、少なくとも職
務の重圧と、大規模かつ複雑で、徐々に勝ち目のなくなってき

モレル法典

ヒトラーにはカール・ブラント（1904-48）という公式の主治医がいた。彼はのちに、強制収容所で残酷な医療実験を行ったために絞首刑にされている。彼は残忍だったが、ヒトラーの心気症的な信頼を得て彼の立場を侵害しようとしていた人物に比べれば、科学的な合理性と厳密さを持つ中心人物と言えた。テオドール・モレル（1890-1948）が総統のところへ来たのは、医学的な推薦ではなく、エヴァ・ブラウンがかつて助手を務めていたカメラマンのハインリヒ・ホフマンの紹介だった。1936年に初めてヒトラーを診察した彼は、ヒトラーが悩まされている胃痙攣は「消化器の完全な疲労」によるものだと告げた。彼が処方したのは、途方もない量のホルモン、ビタミン、リン、デキストロースだった。ブラントの警告をよそに、ヒトラーはモレルに命を救われたと信じた。

時が経ち、総統の体調が回復しないと見ると、モレルは動物の腸や睾丸、その他の組織から抽出した怪しげな薬物の量を増やさなくてはならなかった。いんちき療法だけでは飽き足らず、彼はヒトラーとのつながりを利用して、専売特許の療法でビジネス帝国を築き上げた。

ヒトラーと、彼が「命の恩人」とした指導医テオドール・モレル。その治療法はほかの多くの処方と同じように、非常に型破りだった。

た戦争を指揮するストレスがヒトラーに与えた負担だけで、その理由には十分だと言って間違いないだろう。

> **センセーションをかき立てようとする人々は、ヒトラーが依存していたと思われる薬物の数々に飛びついた。**

　こうしたストレスは消化器の負担にもなり、彼を苦しめた（これには菜食主義の影響もあったかもしれない）。彼は胃痙攣の痛みに悩んでいたようだ。また、歴史家の一部は、腸にガスがたまっていたと主張する。こうした主張に、この独裁者を貶める（理解はできるが学者らしからぬ）熱意はどこまであっただろうか？

ホロコーストの始まり

　1942 年 1 月 20 日、ナチスの首脳部はベルリン郊外の美しい別荘ヴァンゼー・ハウスで特別会議を開いた。「ヴァンゼー会議」は現在ではホロコーストの始まりとして広く認識されている。とはいえ、それまでもユダヤ人やその他の少数派が迫害されていなかったわけではない。暴力、虐待、殺人さえもが、ナチのやり方には不可欠だった。最初の強制収容所が作られてからすでに 10 年近くが経ち、ニュルンベルク法の序文で反ユダヤ主義が公に導入されてから 7 年が経っていた。

　しかし、この頃までは「劣性人種」と党との戦いは行き当たりばったりのものだった。「バルバロッサ」作戦の間に、ユダヤ人はロシア西部に集められ、まとめて処刑されたが、いわゆる「パルチザン」（大部分は武装していない民間人）も、数万人が同じ運命をたどった。ヒトラーの代理として、国家保安部のラインハルト・ハイドリヒが招集したこの会議では、「ユダヤ人問

結果的に、ヒトラーの最も悪名高い記念碑となったアウシュヴィッツは、ユダヤ人とその他の見捨てられた人々が毎日のように送り込まれる墓場だった。

題」への「最終的解決」が成文化され、それを体系的かつ組織的に遂行するための手順が決められた。

　反ユダヤ主義は、第一次世界大戦の余波の中、ナチスが創設されてからずっとナチのムード音楽に執拗に流れていた。現在、ヒトラーのことをほかに何ひとつ知らない人でさえ、少なくともホロコーストという彼の歴史的犯罪は知っているはずだ。そのため、ナチの物語で、この人種差別主義者の怨恨が組織的殺人の政策として固まるのがこれほど遅い時期だったのは驚きとして受け止められるかもしれない。1930年代を通じて、党の考えは帝国内（「ポーランド総督府」のワルシャワ周辺）またはマ

不吉な影

　ヒトラーは傀儡ではなかったが、彼の周囲には絶大な権力を行使する者もいた。中でもマルティン・ボルマン（1900-45）の右に出る者はいない。比較的若かったにもかかわらず（彼がナチスに入党したのは1927年のことだった）彼は総統の執務室に欠かせない存在となっていた。1941年から官房長を務めた彼は、1943年にはヒトラーの個人秘書に指名されている。ルドルフ・ヘスが渡英したため、この要職に空きができたのだ。この目覚ましい昇進に、元上官たちはショックを受けたが、こうした相手を見下した態度が、狡猾なやり手の昇進を（ロシアのスターリンのように）残忍な殺し屋としてごく簡単に片づけたと言っていいだろう。ボルマンは絶大な影響力を持つようになる。ヒトラーの利益（および自分の利益）の熱心な保護者となったのである。

　ボルマンがどこからともなく現れたとすれば、終戦時には同じように消えて行った。ベルリンを逃げるとき、ソヴィエトの偵察隊に射殺されたと考えられているが、証明されてはいない。彼の死は1973年に公式に認められているものの、彼が生きて逃亡生活を送っているという噂はなくならない。

ダガスカルのような海外の植民地に、ユダヤ人の住む隔離地区を作る路線に沿っていた。1940 年まで、ヒムラーら最高司令部は、ヨーロッパからのユダヤ人追放について検討し、こうした措置の「残酷な」性質を嘆いていた。

　ヒトラーの名の下に行われた犯罪行為が、どこまで彼個人の責任になるかについては、以前から議論されてきた。それは彼の責任を軽くすることにイデオロギー的な興味を感じる者だけではない。ダニエル・ゴールドハーゲンの有名な言葉によれば、ドイツ人の「自発的死刑執行人」としての責任が軽減されるのを見たくないという者もいる。はっきり言えば、総統は自らの手でそれを行ったわけではないのだ。さらに、権限がどのように

割り振られ、明らかに不規則ででたらめな命令系統で、どのように命令が伝わったかのという現実的な問題がある。ヒトラーの優美な「ピラミッド」型の国家構造は、実際にはそれよりもはるかにがたが来ていた。戸口指導者や地方・群の役人は、ある程度の自治権を享受していたのである。逆説的だが、このような影響はピラミッドの頂点にいる総統の優位によって強調される一方だった。暴君的な気まぐれ、ころころ変わる気分、お節介な干渉などは、すべてナチ国家の円滑な運営を妨げ、下位の役人の仕事や決定範囲を増やすことになった。だからと言って、一番上に立つ彼の主な罪が問われないわけではない。ホロコーストがヒトラーの仕業であることは、真剣に議論するまで

「砂漠の狐」エルヴィン・ロンメル。ゲッベルスによれば「敵方の通信社にも愛されていた」という彼は、北アフリカで一連の勝利をあげた。

もない。

栄光の死

　民間人をなぎ倒すのと、大規模で装備の整った連合国と二つ
の前線で戦うのとではわけが違う。戦場では事態が悪化しはじ
めてきた。北アフリカでは、怖いもの知らずのエルヴィン・ロ
ンメル（1891-1944）が、最近まで向かうところ敵なしの活躍を
見せていたが、連合国が再編成し、今や大規模で数で勝る第一
装甲軍を援軍や補給品から切り離した。エル・アラメインの戦
い（1942 年 10 月 23 日 -11 月 11 日）で敗北を喫したロンメル
は、死守せよというヒトラーの命令を見越して、その前に退却
命令を出した。こうすれば兵士は生き延び、次に戦えると彼は
釈明した。

ヒトラーにとって、戦争の気高さは理性を越えていた。

　このような理屈はヒトラーには理解できなかったようだが、彼
にとって、戦争の気高さは理性を越えていた。彼が敬意を表した
（あるいは少なくとも、将軍や兵士が敬意を表すると期待してい
た）屈辱の前に死をというヒロイズムは、伝説的な戦いが繰り広
げられた失われた時代を思い起こさせる。現代の戦闘で何らかの
かかわりがあるものとすれば、第一次世界大戦のフランドルでの
戦いだろう。その戦いでは確かに、ただ死守した者が勝利してい
る。これもまた「塹壕からの視点」の勝利だった。
　大胆に突撃し、高速で前進し、圧倒的な勢力で猛攻撃するロ
ンメル流の戦法は、今に至るまで電撃戦の本質である。しかし
ヒトラーは、1 年前にモスクワへの進軍を止めたように、より
慎重で静的な戦い方を好んだ。彼が取り入れたと言われる電撃

[前頁] 1942年8月、ス
ターリングラードの攻撃
に参加するドイツ兵。5
カ月後、ヒトラーのロシ
ア戦略は壊滅状態にな
る。

戦のような先見的な視点と、彼が歩兵として学んだ伝統主義者
的なやり方との間に矛盾があると言うなら、彼が戦争を芸術と
見ていたことと、単なる勇気を試す行為と見ていたこととの間
には葛藤がある。「ここまで臆病になれるやつがいるか？」1943
年2月1日、陸軍元帥パウルスがスターリングラードで降伏し
たという知らせを受けたヒトラーはこう言っている。「たくさ
んの人間が命を落とすことを余儀なくされている。ところがこ
ういう男が、最後の最後に、ほかの多くの人々の英雄的行為に
泥を塗るのだ」この戦争は本当に、ドイツが求めてやまない領
土と資源を確保するための戦いだったのか、それともその国民
が、どこか変わった、騎士道的な感覚で、自分たちの能力を示
すためのものだったのだろうか？

　スターリングラードが紛争のターニングポイントだったとい
う点で、歴史家の意見は一致している。ヒトラーはこの時点から
劣勢になる。「戦い」は戦争そのものと言えるほど大規模で、5
カ月以上続く血みどろの争いで100万人以上が犠牲になったと
言われている。だが、主に記憶に残るのは、戦闘の苛烈さだっ
た――一軒一軒しらみつぶしの接近戦になったのだ。パウルス
の第6軍は電撃戦の装備でロシアへ入ったが、激しい抵抗と手
に負えない地形のため、スターリングラード（現在のヴォルゴ
グラード）へはわずかずつしか進めなかった。市内に到着する
と、彼らはロシア人に包囲されたが、燃料はなく、弾薬も不足
していて突破できなかった。彼らは塹壕を掘って身を隠し、第
一次世界大戦流の即興の要塞を作ることを余儀なくされた。

　この状況では、理性的な行動は降伏しかないと、パウルスは
指摘した。ヒトラーの激しい反対に、理性は通用しなかった。
結局、戦地にいた司令官は明らかにすべきことをしたが、総統
はもはや現実を見られないようだった。

「ユダヤ人の科学」

人種に関する言葉遣いは非常に誇張されたものだったが、ヒトラーは科学に関しては単純な考えの持ち主だった。確固たる「法則」を持つ物理学に味方する、生真面目なニュートン学派だ。「相対性」という考えを受け入れ、確固たる事実と考えられていたものを揺るがせ、明確に見えた線をぼやけさせる現代物理学は、その領域を逸脱したものだった。こうした新しい理論がユダヤ人によって紹介されたのは、明らかに偶然ではない。最も有名なのはアルベルト・アインシュタイン（1879-1955）だろう。また、彼らがナチスの言う「ノルディック・サイエンス」を攻撃しようとしたのも間違いない。

1930年代、ヒトラーはドイツの大学から「非アーリア人」を平然と追い出した。今でも、彼らが外国、特にアメリカへ流出したことを後悔しないだろう。「ユダヤ人の科学者を追放することがドイツ科学の壊滅を意味するというなら、2、3年は科学なしでも構わない」そして、かなりの範囲でその通りになった。中でも顕著なのは、原子爆弾を手に入れそこねたことだろう。しかし、ほかの重要な進歩も同じだ。

倫理観はさておき、現在のわれわれが驚くのは、ヒトラーの頑固で融通のきかないところだ。彼はすでに自分が作り上げたものと違う考えや見識を受け入れようとしなかった。戦場だけでなく知性の領域でも、彼は自分に先見の明があることを誇りにしていたが、新たな現実に従うのは頑として拒んだのである。

船酔い

　その間、ドイツ海軍はさまよっていた。さかんに宣伝された大西洋での U ボートの「群狼作戦」は、本国の士気を高め、連合国に本物のショックを与えた。しかし結局のところ、これはゲリラ戦だった。元々の意図とは違っていたのである。1935 年、ヒトラーの交渉人は英独海軍協定に合意した。これは、総トン数がイギリス海軍の 35 パーセントを超えてはならないという条件で、ドイツが海軍を再建することを許すものだった。再軍備の原則が認められると、ヒトラーは拡大解釈するようになる。1937 年に着手した「Z 計画」は、ドレッドノート危機（第 3 章参照）以来最大の海軍造船計画だった。

　新たなドイツ海軍は、総トン数でイギリス海軍の 35 パーセントをはるかに超えていた。ヒトラーのリストには、以下のものが含まれている。

●航空母艦 4 隻。うち 2 隻は総排水量 3 万 3500 トン。
●戦艦 6 隻。最大 11 万トン。
●巡洋戦艦 3 隻（およそ 3 万 5000 トン）
●それより小型の「P 級」巡洋艦 12 隻と、その他の重巡洋艦 2 隻。
●軽巡洋艦 6 隻（およそ 1 万トン）。
●大型駆逐艦 6 隻。
● U ボート約 250 隻。

　奇妙なことに、ヒトラーは船の大きさよりも数にこだわった。イギリス海軍は依然、総トン数、平均トン数で大幅に上回っていた。イギリスの軍艦は強力なことが証明されている。ドイツ軍は、バルト海の外では厳しい戦いを強いられるだろう。少ない籠にあまり多くの卵を入れないほうがいい。こうして、小さ

くても数を多くすることに決まった。小さな海軍として、ドイツ海軍は必然的に奇襲攻撃に投入されることとなった。スピードと操作のしやすさが、力よりも重要になる。

　野心的な戦略だったが、それはすぐに先細りになってしまう。Z計画は、一方では着手が遅れ、もう一方ではさまざまな出来事に目まぐるしく取って代わられた。ドイツには短時間でそれだけ数多くの船を造る工業力はなかった。さらに、ヒトラーの移り気という問題があった。彼の相談役は、毎日のようにそれに直面したが、その一番の例は、海軍の10年計画が始まって2年後に戦争を始めたことだった。1935年に就役した船のうち、戦闘が始まったときに用意が整っているものは1隻もなかった。

　ヒトラーが海軍に対してほとんど理解も共感も抱いていなかったのは無理もないことだ。彼に言わせれば、どの戦艦も似たり寄ったりで、設計者が素晴らしい工夫をしても興味は長く続かなかった。ゲーリングの空軍は、一貫してお気に入りだった（あくまで、総統が何かに満足することがあれば、という範囲だが）が、有能だが口数の少ない海軍元帥エーリヒ・レーダーは、空軍のライバルほどヒトラーの扱いに長けてはいなかった。

不安定な条件

　実際に戦争が始まるまでに、ドイツはZ計画の前段階として3隻の「ポケット戦艦」（重巡洋艦）を有していた。アドミラル・グラーフ・シュペー、アドミラル・シェーア、ドイッチュラントである。さらに、グナイゼナウとシャルンホルストの2隻の巡洋艦も持っていた。Z計画全体では、ビスマルクとティルピッツの2隻の戦艦は、1939年には完成に近づいていた。前者は1940年、後者は1941年に就役した。また、空母グラーフ・ツェッペリンの製造も順調だった。しかし、1938年に就役

Uボート艦隊は、ドイツに海上での希少な勝利をもたらした。無視されてきた海軍は、自分たちを印象づけようと奮闘した。

したものの、結局完成を見なかった。1939年、モンテビデオ
沖でグラーフ・シュペーを失ったことは、当時は必要以上に大
きく立ちはだかった。その前のノルウェー沖での損失も同じで
ある。ドイツ海軍は、戦争の非常に早い段階で、自分たちがか
なり消耗していることに気づいていた。ドイツのUボートは比
較的成果を上げていた。ひとつは天才カール・デーニッツ元帥
（1891-1980）によるものであり、もうひとつは連合国の戦術的
欠陥であった。彼らはヒトラーにZ計画を完全にあきらめさせ
るような、実現可能な護送船団システムを作るのに手間取った
のである。ヒトラーは、Uボートには行く手にあるものはすべ
て破壊せよと命じ、ドイツの造船所にはUボート艦隊の製作に
全力を注げと命じた。ある部分では賢い動きだったが、同時に
敗北主義的なやり方であり、ドイツ海軍はどちらかといえば周
辺的な、慌ただしい役割に限定された。

1935年、ドイツの戦艦を
視察するヒトラー。海軍
拡張計画は、開戦のた
めに中断された。

潮目が変わる

　一方、陸上では、ドイツの形勢は徐々に不利になっていった。ロシアでの主導権を取り返そうとする試みは、モスクワの南西クルスクでの大戦車戦（1943 年 6-8 月）の敗北でついえた。それからわずか 3 週間後の 9 月 3 日、連合国が南イタリアに初上陸すると、スターリンはついに「第二戦線」とも言えるものを獲得した。長く耐えがたかったソ連への重圧は軽くなりはじめ、軍は大きく前進した。まだ負けるわけにはいかないドイツは、

1944年6月6日のD-デイに、ノルマンディーのオマハ・ビーチへ上陸するアメリカ兵。今やドイツの敗北は避けがたいものに見えた。

多大な犠牲者を出したが、彼らは後退し、ロシア軍が迫るほう
になった。

　翌年の夏には、反撃の「第二戦線」が生まれた。Ｄ－デイの
６月６日、連合軍はノルマンディーから上陸し、フランスのため
の戦闘を始めた。東ではわずか２週間後、ソ連のベラルーシ
で攻撃に遭った。「バグラチオン」作戦である。こうしてドイツ
は両側から激しい攻撃を受けることとなった。市民のほうは、
しばらく前から空襲を受けていた。連合軍はハンブルクなどの
大きな工業都市に爆弾や焼夷弾を降らせた（ハンブルクでの最
初の大規模な「空襲火災」は 1943 年 6 月に記録されている）。
また、カッセル（1943 年 10 月には、１夜にして１万人が殺され
た）やダルムシュタット（1944 年 9 月には、１度の空襲で人口
の３分の２が家を失った）といった民間の中心地も狙われた。
さらに機会あるごとにベルリンに爆弾を落とした。

あと数ヵ月早く実用化さ
れていれば、戦争を勝利
に導いたであろう兵器。
ドイツのV2ロケットは、
軍事テクノロジーの新
時代の到来を告げた。

　敗北の見込みが恐ろしいまでに積み重なり、ドイツの最高司令官は誰もが策を求めて頭を絞った。ヒトラーは忘れ去られたかに見えた。どこまでも戦うという彼の使い古された弁舌は脇へ置かれた。彼が大胆な攻撃（同年 12 月のアルデンヌ攻勢、別名「バルジの戦い」）に出たときも、第一次世界大戦の焼き直しだった。いずれにせよ、それは失敗に終わり、年が明けると、ついに連合軍は勝利の手応えを感じた。ソヴィエトはドイツの抵抗を崩し、東から急速に迫ってきた。かつての東プロイセンの首都ケーニヒスベルク（カリーニングラード）は、4 日間の包囲戦で陥落し、2 月には完全にロシアの領土となった。東部戦線は 900 キロメートル（560 マイル）に広がり、バルト海沿岸からルーマニアのカルパチア山脈までの全域となった。600 万のソヴィエト兵が、200 万のドイツ兵および 190 万あまりの枢軸国の兵と対峙した。しかし、ヴィスワ川とオーデル川に沿った要所では、ドイツ軍が依然、兵士と武器の数で上回っていた。将軍たちの見積もりでは、歩兵は 11 対 2、戦車は 7 対 1、重砲は 20 対 1 だった。

土壇場で

　西側では、ドイツの将軍に突きつけられた状況は励みになるものとは言えなかった。ここにもまた、手強い兵力が集まりつつあった。アルデンヌでドイツ国防軍を撃退したアイゼンハワーの軍は、着実にライン川へ向かっていた。1500 万のアメリカ兵、40 万のイギリス兵、そして 10 万の自由フランス軍の兵の前進は、余興として片づけるわけにはいかず、ドイツは東側での生死をかけた生き残りの戦いに集中できなかった。ナチスはスラヴ諸国で人種間戦争を始めたため、ロシア兵の慈悲は期待できないとわかっていた。
　実際、彼らは無慈悲だった。たとえ国内の民間人が犠牲になっ

たとしても構わなかった。ついに敵の領土に入り、意気揚々と
したソヴィエト兵は、殺戮やレイプのやり放題となり、このと
きになって初めて、党の人民委員は軍の規律が危機に瀕してい
ることに気づいた。

　それでも戦争は終わらなかった。ドイツの敗北が決定したか
に見えたとしても、それを実現するまでにはまだ遠かった。ロ
シアに征服されても何もいいことがないとドイツ人が知ってい
たからなおのことである。今では習慣化した、死守せよという
ヒトラーの要求が意味をなしたのである。東プロイセン攻勢だ
けでも、ソヴィエト側に58万4000人の死者を出し、さらに南
での作戦では30万人以上が犠牲となった。ドイツは最後まで

逆効果のクーデター

　ドイツが敗北に直面していたことは、ヒトラー以外の誰の目にも明らかだった。軍の高
官は疑いを持たなかった。クラウス・フォン・シュタウフェンベルク（1907-44）は、ナチ
の心酔者からは常に少し距離を置いていた。決して自由主義者ではなく、まして左翼思
想者でもなかったが、貴族の家に生まれた（当時は伯爵だった）彼は、ヒトラーとその取
り巻きを見下していた。ヒトラーの理念が絶望的なのが明らかになってくると、彼はいわ
ゆる「ドイツ・レジスタンス」に関わるようになる。それは陸軍高官のグループで、クーデ
ターを起こしてナチスを転覆させようと考えていた。いみじくもワーグナーにちなんでその
陰謀を「ワルキューレ作戦」と名づけた彼らは、徐々に激しさを増す連合軍の空襲によ
る混乱に乗じて、政権を奪おうと計画した。

　計画成功の要となるのが、ヒトラー暗殺である。彼らは狼の砦に爆弾を仕掛ける予
定だった。結局、発覚を恐れた共謀者たちは、漠然と好機を待つことができなかった。
彼らは性急に、襲撃をヒトラーが高官と会議を開く1944年7月20日の夜と決めた。シュ
タウフェンベルクが最後の準備をしている間に邪魔が入り、使う予定だった爆弾の一
部を省いてしまったため、ブリーフケース爆弾は予定よりも威力が小さくなった。結局、爆

戦って負けると決断したのである。

　負けは明らかだった。2月には連合軍はドイツの西の国境を越えた。あまりの速さに、ろくに抵抗できなかったのだ。多くのドイツ兵が東部戦線まで退却させられた。残った者たちはルール地方に集中した。円を描くような動きは、間もなく彼らをそこに閉じ込めた。その間、モントゴメリー率いるイギリス陸軍は北からの攻撃の先鋒となった。レースとヴェーゼル周辺のライン川を渡る「プランダー作戦」で、オマール・ブラッドレー（1893-1981）率いるアメリカ第12軍団はレマーゲンで川を渡り、南下した。4月3日までには、全軍が「ルール・ポケット」に陥った。それはドイツの自衛計画への致命的な打撃だった。

発したときには、爆弾を隠しておいたテーブルが盾となってヒトラーを守った。シュタウフェンベルクは生き延びたが、ワルキューレ作戦発覚から数日のうちに報復行為の罪で検挙された5000人近くの将校たちは、そうはいかなかった。

シュタウフェンベルクの爆弾は相当な被害を与えたが、狙った人物を殺すことはできなかった。

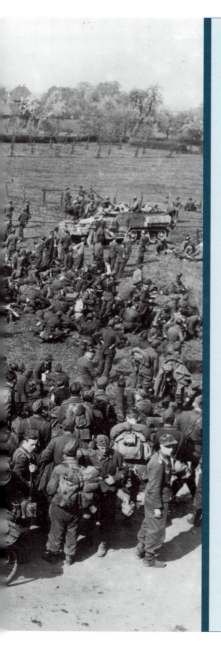

思いつき

　戦争の最後の数カ月、明らかにナチス・ドイツは行き詰まりを感じていた。もちろん、ヒトラーは気が滅入る現実を受け入れようとしなかった。英雄的行為だけが、今の祖国を守るのだ。神話的規模の壮大な闘争、すなわち夢と伝説の本質だけが。それ以外に、総統が1944年9月に設立した国民突撃隊の可能性を信じた理由が説明できるだろうか？　16歳から60歳までのすべての男性が参加しなくてはならず、しかも衣類やリュックサック、毛布、調理器具まで自前で用意しなければならない。状況が違えば鼓舞されるような構想だったかもしれないが、一般的なドイツ人はこの頃には指導者の約束を見透かしていた。負けを覚悟した彼らは、最後の抵抗という言葉を、不機嫌で皮肉な態度で切り捨てた。しかし、それでも奉仕しなければならない。ゲシュタポに銃を突きつけられて集められるのだから。こうして国民突撃隊は戦場に出た。彼らはろくな装備も、武器も、訓練もないまま、連合軍の百戦錬磨の熟練兵に対抗しなければならなかった。全部で17万5000人以上の兵士が殺された。日が経つにつれて、召集は常軌を逸したものになり、もっと若い男子や女子までもが駆り出されることになった。

最後の一投

　理性的な希望に一番近かったのは、技師のチームによって最高機密の研究所と強制労働工場で開発中の、さまざまな夢の兵器だった。クルスクでの退却の後、200トンのⅧ号戦車はもはや意味をなさないと思われた。しかし、ユーモアを込めてマウスと呼ばれていたこの戦車が出番を逸しても、メッサーシュミット Me262 の準備が間に合うかどうかは難しかった。初の戦闘に適したジェット戦闘機で戦闘爆撃機である本機は、戦争が長引いていれば変化をもたらしていたかもしれない。

　その間、ここ数年で初めて、ドイツは V1 飛行爆弾（V は「報復兵器」を意味する Vergeltungswaffe の頭文字）でイングランド南西部に恐怖を植えつけた。ブンブンいう音を立てることから「ドゥードゥルバグ」とも呼ばれたこの飛行爆弾は、基本的には巡航ミサイルの初期のものだった。続いて V2 が登場する。このロケットは宇宙空間まで上がり、音速の４倍のスピードで音もなく落下し、落ちた地点に予想もつかない徹底的な破壊をもたらすものだった。

　V1 も V2 も戦争に使われ、いずれも恐ろしい数の死者を出した。さらには、パニックや混乱を引き起こしたことで、不釣り合いなほどの破壊をもたらした。これらがもっと早く準備できていたら、どうなっていたか誰にわかるだろうか？　ジェット戦闘機がもう少し早く使用されていたら……ヒトラーが原子爆弾を手にしていたら……結末は一変していたのではなかろうか？これらは答えの出ない問いである。こうした計画にヒトラーが興味を持ったのは、設計者の足を引っぱるのではなく助けることだったのかどうかを問うのも同じだ。足を引っ張っていたという意見は、彼のころころ変わる興味と飽きっぽさを指摘する学者から出ている（しかし、ウィンストン・チャーチルもそのどちらにも当てはまる）。ヒトラーが反ユダヤ主義のために原子

爆弾を手に入れられなかったというのは真実のようだが、彼がジェット戦闘機の開発を妨げたというのは、それよりは主張しにくい。こうした大規模で複雑な計画に時間がかかるのはやむを得ないからだ。

最期

　1945 年の春が近づくと、ヒトラーにさえも国家の行く末ははっきりしていた。途方もない規模の妄想が明らかとなった。ドイツは——そして彼は——価値のないものになる運命だ。したがって、何か大きな、国家的な自己犠牲が必要だと彼は考えた。このままロシアや西側の侵略者のためにものを作りつづけるよりも、この国の産業基盤をわざと破壊したほうがよいと彼は力説した。征服者に占領させるドイツはない。その計画遂行を任されたアルベルト・シュペーアは、主だった実業家とともにその命令を回避しようとした。

　4 月 29 日、すでにベルリン郊外までロシア軍が押し寄せる

1945年3月、司令官に褒めたたえられるヒトラーユーゲントの英雄。勇敢な行為だが、彼らの就役はドイツの必死さを際立たせている。

ヒトラーとエヴァ・ブラウンの遺灰が発見された場所

ROBERT M. JURGA

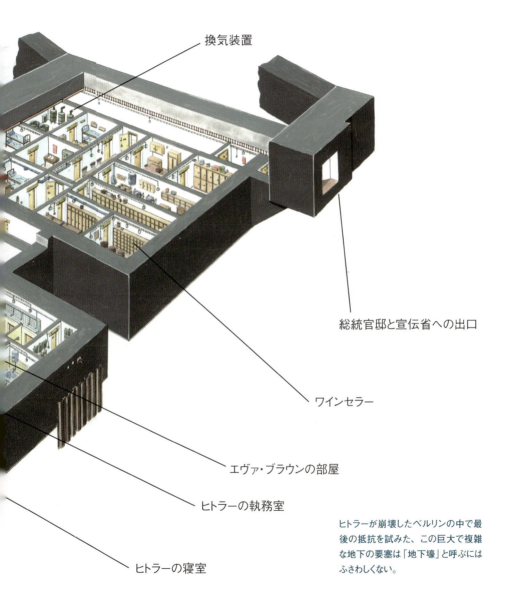

換気装置

総統官邸と宣伝省への出口

ワインセラー

エヴァ・ブラウンの部屋

ヒトラーの執務室

ヒトラーの寝室

ヒトラーが崩壊したベルリンの中で最後の抵抗を試みた、この巨大で複雑な地下の要塞は「地下壕」と呼ぶにはふさわしくない。

中、ヒトラーと部下たちは総統地下壕に退避した。彼は敵の手に落ちるよりは自殺を選んだ。彼は同日、イタリアのパルチザンによってムッソリーニが無様に吊るされたことに悩んでいたと言われている。しかし、いずれにしても彼が囚われの身になることに耐えられたとは思えない。彼はエヴァの逃亡の手配をするが、彼女は地下壕でともに死ぬと言って譲らなかった。このロマンティックな行動は報われた。ふたりはその場で結婚したのである。

ベルリンの総督官邸に置き去りにされた机の上の、燃やされ、ばら撒かれた書類。戦後、地下壕はソヴィエトによって跡形もなく破壊された。

彼はエヴァの逃亡の手配をするが、彼女はともに死ぬと言って譲らなかった。

　最後まで被害妄想のあったヒトラーは、親衛隊に与えられたシアン化物が偽物だったらと考える。そこで彼は、かわいがっていたジャーマンシェパードのブロンディにそのひとつを与えた。犬が即死すると、彼は納得すると同時に取り乱した。どんな人間の死よりも、動物の死に心を動かされていたようだ。

　それは完全に静かなものだったに違いない。ソヴィエト軍の最初の部隊が地下壕に近づいてくる間、彼はエヴァにシアン化物のカプセルを渡し、彼女が飲むのを見届けてから、自分の頭を撃ち抜いた。

　忠実な部下たちはふたりの遺体を外に出し、地下壕の後ろの空地でガソリンをかけて火をつけた。死んでもなお、彼らを敵の手に渡さないためだ。

従軍記者を案内する赤軍兵が、ヒトラーの遺灰が見つかった地下壕の浦を示している。

第8章 ..... 厄介な遺産

ヒトラーの恐るべき「神々の黄昏」は、ドイツに闇をもたらした。
そして戦後の世界に、長きにわたり有害な影を投げかけた。
ほとんどの人にとってそれは、少数の熱狂者にとって
彼が今も集結点であるという醜い警告であり、
過激思想が何を成し遂げたかの実例である。

ドイツは降伏しなければならなかった。国営放送は、彼の自殺から1日遅れで、ヒトラーが祖国のために戦って死んだと発表した。必要なのは、兵士が戦い続けることだった。兵士たちに命をかけろと告げた大義を彼が捨てたと知れば、兵士は士気を失い、武器を置くのではないかと恐れたのである。

しかも、新たな物語が作られている最中だった。ナチスの残党は西側の指導者に、全体主義や生活圏、死の収容所といった些細な問題は忘れてくれと説得した。党はボリシェヴィズムの打倒と自由の防御に賛成だと。第二次世界大戦がまだ終わらぬうちに、すでに冷戦は始まっており、西側の連合国は対立を見越していた。そこで、ヒトラーの物語が終わると、歴史の書き換えが始まった。そしてある程度までは、それ以来ずっと続いている。

ヒトラーが国の指導者として指名したのは、カール・デーニッ

高官たちに挟まれ、降伏文書にサインするドイツの司令官アルフレート・ヨードル上級大将（中央）。フランス、レームにて。1945年5月7日。

301

ツ元帥（1891-1980）だった。彼は最善を尽くして、かつての同志（そして、ナチ以外の少数の保守主義者）とともに寄せ集めの連立政権を作り、西側に認められた。騙されたのはヒトラーだけではなかった。国際法への違反や大規模な非人道的行為の数々があっさり見逃されると考えるのは、とんでもない世間知らずというものだろう。それでも、戦争犯罪の中で最も悪質な

「西方での戦いは無分別だ」というデーニッツの「暗示」は真実だったのかもしれない。だが、ヒトラーの頭に「分別」があったためしがあるだろうか？　『ロンドン・イブニング・スタンダード』紙にしてみれば、ドイツの降伏はまだ希望的観測だった。

ものはニュルンベルク裁判で裁かれたが、その一方で、あまりにも多くの人々が何らかの形でかかわっていながらも、見せしめとなったのはほんの一握りだった。

脱出

　ロケット科学からスパイまで、特別な技術を持つナチ党員の中には、過去は問われず、アメリカやソヴィエトに協力する者も出てきた。繰り返すが、冷戦が始まり、優先順位は変わったのだ。こうした取引に幻滅した者たちは、ナチズムの下に作られた秘密のネットワークを使い、安全な場所への脱出を試みた。アドルフ・アイヒマン（1906-62）のように、ラテンアメリカにたどり着いた人々もいた。そこでは抑圧的な政権が、彼らの過去を進んで見て見ぬふりをしたのである。どれだけの人々が、こうした「縄ばしご」を伝って安全な場所にたどり着いたのかを知るすべはない。

　ヒトラー自身が逃げたと考える者もいる。ブエノスアイレスでひっそりと店員をやっているとか、パンパで大農園の管理をしているというのだ。炎は実に見事な仕事をした。地下壕の後ろの残骸は、誰のものともつかなかった。ソヴィエトはヒトラーの歯科医を突き止め、記録と照らし合わせて、わずかに残った顎の骨がアドルフ・ヒトラーとエヴァ・ブラウンのものであると証明させた。だが、彼が本当のことを言っていると確証できるだろうか？　あるいはロシア人たちは？　史学史的な噂話は、彼らの遺体が一種の真空状態を残すのを毛嫌いしている。

　ドイツ国家も、まもなく同じように見る影もなくなってしまう。国は分断され、共産主義の東ドイツ（いわゆるドイツ民主共和国）と資本主義の西ドイツに分かれた。西ドイツの小さな飛び領地であるベルリンそのものも分割された。それでも、そこには連綿と続くものがあった。公には「非ナチ化」の政策が

取られたが、実際には党の全体主義の支配力はあまりにも完璧であったため、責任ある公務員や会社員のほぼ全員が党員、もしくは当局に何らかの便宜を図ったことのある者だった。完全に譲歩しなかったと言えるのは、ほんのわずかだった。

悪の紋章

　ソヴィエトが管理する東ベルリンにあった旧帝国首相官邸は、共産主義当局によって速やかに更地にされた。彼らはヒトラーと第三帝国の記憶を消したかったのだ。だが象徴的に（とはいえ、故意であったとは考えられないが）、その下の総統地下壕は手つかずで残されていた。1980年代の終わりになって、ようやくこの隠れ家は破壊された。それまでは、かつての持ち主と同じく埋もれた存在になっていたのである。ヒトラーの記憶はタブーとなったが、同時に興味の源にもなった。たくさんの人々が掘り下げなくてはならないと感じる対象となったのである。それは、ユダヤ人やボリシェヴィキ「問題」で彼と見解を同じくしているからというだけでなく——とはいえ、ネオナチが登場しようとしているのは間違いないが——あらゆる「禁じられた」知識と同様、想像力を強く揺さぶるからである。

1980年代の終わりになって、ようやく総統地下壕は破壊された。

　フロイトはナチの脅威から逃げたわずか1年後の1939年に死んだ。彼なら、その後も続くこうした魅力を理解しただろう。生前もそうだが、歴史になっても、象徴的な存在としてのヒトラーは、実際よりもはるかに大きく感じられる——そして、同

高く評価された2004年の映画『ヒトラー《最期の12日間》』は、ナチ政権の最後の日々と、総統地下壕でのヒトラーとエヴァ・ブラウンの自殺を描いている。

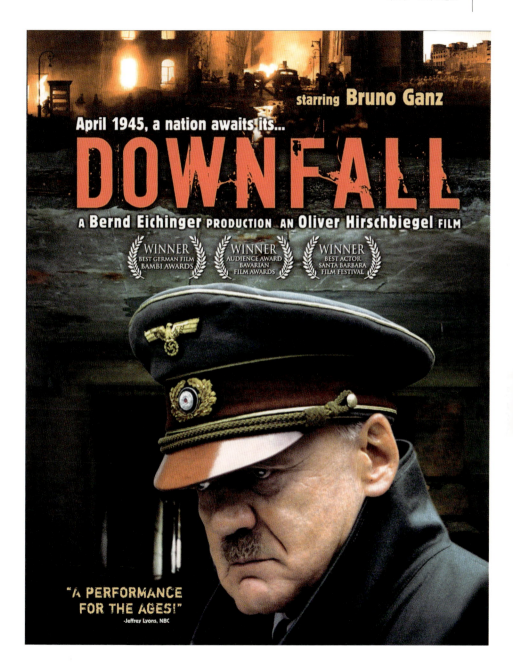

じくらい重要に思われる。彼は単なる独裁者ではなく、単なる
大量殺人者ですらない。保守的な研究者は、彼とスターリンを
同等にみなそうとするが、ソヴィエトの独裁者と同じくらい邪
悪だったというのは真実味がない。しかし、抑制できない暴力
的なイド、すなわち破壊的な死への願望という20世紀の認識
は、ヒトラーの記憶に万人共通の偶像を見出しているようだ。

　手に負えない、自分勝手な、動物的な潜在意識は、精神分析
にかけることも抑圧することもできる。正直に認めて対処する
ことも、あるいは意識というカーペットの下に隠すこともでき
る。まっとうな民主主義者は、ヒトラーが現代の民主主義の中で
どうやって権力の座についたのか、そして自らの犯罪に、どの
ようにして文明人である国民の同意を（あるいは、実際には熱
狂的な補助を）得たのか、懸命に理解しようとした。否定する
ことを選ぶ者もいた。（ヒトラー本人ならそう言ったように）彼

前列左から右に、ゲー
リング、ヘス、リッベン
トロップ、カイテル。彼
らはニュルンベルク裁判
（1945年11月-1946年
10月）で自らの運命に耳
を傾けている。

の影響は第一次世界大戦の敗戦と、報復的なヴェルサイユ条約によって押しつけられた耐乏という国家的な屈辱への反応だったと説明した。さらにもちろん、結果としてドイツ国内で左翼政治が隆盛したこともある。

　さらに進んで、総統のユダヤ人批判を支持する者も少数ながらいる。実際、確固たる支持者は概して彼の遺産のこの面を軽視するか否定する。「ホロコースト否認」は、ドイツを含む多くの国で犯罪行為とされている。ホロコーストは作り話で、断じてなかったということを証明するために、さまざまな詳細な説

敗北後のベルリンの残骸を偵察するソヴィエト兵。ドイツ全土が、文字通り廃墟となった。

が出された。もしくは、あったかもしれないが、ヒトラーは知らなかったとか、何かがあったかもしれないが、われわれが聞かされているよりもはるかに小規模だったといったことを証明するために。

モラルの尺度

　否定が危険だとすれば、アドルフ・ヒトラーを他に類のない人間に見せようとする史学史的な誇張もまた危険だろう。スケープゴートのように、犯罪を起こした人物を明らかに完全な悪とするのがおかしいのと同じように、ヒトラーがある種の徹底的な悪を代表していると考えるのは、危険な先例となるだろう。ホロコーストを、これまでも今も例のない、究極の非人道的行為だということを常に思い出させる法律命令は、この行為を歴史から完全に切り離すことになりかねない。ルワンダや南スーダンなどの、ほかの大量殺戮を測定することができなければ、のちの世代への警告になるだろうか？　ホロコーストの規模や入念な計画がほかに類を見ないことは否定しがたいが、それは本当に道徳的な違いなのだろうか、それとも、単に程度の問題なのだろうか？

　逆に、西洋の政治家が独裁者的な人物をことごとくヒトラーになぞらえようとすれば、われわれの倫理的な通貨は下落したと言えるかもしれない。適切な尺度を見つけるのは、非常に難しいことだ。ヒラリー・クリントンは、ヒトラーとの比較を正当化する前に、やることがたくさんあったはずだ。だが、こうした比較が正当化されることは決してないのだろうか？　イラクの独裁者サダム・フセイン（1937-2006）は、自分に反対する者を拷問にかけ、殺害した。閣議の場で銃を取り出し、自分に異議を唱えた高官を撃ち殺した。自国の国民に使うために化学兵器を開発し、イランと戦争を起こして 100 万人以上の命を犠

一部の人々にとって、1929年のこの画像は、長い時間を経てもなお感情的・政治的な影響を及ぼしている。ヒトラーは現在も、極右の偶像となっている。

牲にした。彼をヒトラーと比較することは、許されることなのか、それとも許されないことなのだろうか？　皮肉な人々はこう言うだろう。彼と仲違いをする前は、欧米の政府はサダムが混乱地帯に安定をもたらしたと褒めたたえていたではないかと。だからと言って、ヒトラーとの比較が無効になるのだろうか？

結び、そして疑問

　どんな伝記も、このような質問に明確な答えを出すことはできない。本書のように短い、概略的なものはなおさらである。そして、どれほど厄介で矛盾した性格であったとしても、ヒトラーはどこを取っても独自の存在とは言えない。われわれに何らかの結論が出せるとすれば、彼は家庭、社会、政治、歴史、文化というさまざまな環境の連続の中で作られ、彼の悪も同じように形成されたということである。こうした要素のうちのひとつに、彼とその犯罪について説明を求めるなら、十分な解釈を得られる望みはないだろう。歴史上、何百万人もの子供が殴

2003年、多国籍軍によって打倒される前にイラク国民に向かって演説するサダム・フセイン。独裁政治は現れては消えるが、ヒトラーはその尺度となっている。

打され、母親が虐待されるのを目にしながらも、彼らは大量殺人者にはならなかった。貧しい生活に耐え、野心をくじかれて生きなければならなかった人々もたくさんいる。20世紀初頭のウィーンだけでも数千人はいただろう。

とは言うものの、これまで見てきたように、ヒトラーが子供時代に受けた傷はこの上なく明らかで、しかも甚大なものだった。一方で、夢見がちなところと怒りが奇妙に混ざり合った性格は、後から考えれば生まれながらの情緒不安定にも見える。彼が人種論になじんでいたおびただしいヨーロッパ人のひとりにすぎなかったとしても、大いに想像力に乏しかったことが、こうした考えをとりわけ有害なものにしたに違いない。ロマンティックな想像力のせいで、彼がニーチェの価値を下げたり、クリムトから断片的なイメージを引き出したりするような危険を冒したように。ドイツ語を話すオーストリア人はどの世代も彼のように「自分たち」の土地と帝国を「民族のごった煮」と共有することに甘んじなければならなかったが、ほとんどは自己の存在の中心や賞賛の対象、憎しみの的を別のところに求めた。だとしても、ヒトラーの人生と時代を考えるとき、そのふたつが決定的に、切り離せないと言っていいほど緊密に結びついていると思わざるを得ない。だからこそ、一冊の本で彼とその悪事を十分に説明できないとわかっていながらも、最善を尽くす意義があるのだ。

補遺・帝国首相官邸

　帝国首相官邸は、ベルリンにあったヒトラーの権力の座だ。広大な施設は、その壮大さで訪れる者を威圧するようデザインされている。ここに挙げた官邸の見取り図は、アルベルト・シュペーアの大規模な改築後の姿である。この再開発によって、シュペーアは第三帝国での影響力を固めた。ヒトラーはデザインの隅々にまで強い興味を示し、国家社会主義のイデオロギーを表していると感じた。彼は「ベルリンは新たな使命に合わせて顔を変えなければならない」と言っている。首相官邸は最終的に、戦後ソヴィエトの占領軍によって破壊された。

①ミッテルバウ大理石の回廊
②帝国首相官邸への入口
③大統領執務室への入口
④兵舎
⑤地下墓地へのエレベーター
⑥庭からのヒトラーの執務室への入口
⑦総統地下壕への入口
⑧地下駐車場と総統地下壕への通用口
⑨駐車場と消防隊への入口
⑩総統地下壕への通用口
⑪ケンプカの家
⑫温室
⑬前庭
⑭舞踏場および温室
⑮旧帝国首相官邸
⑯食堂

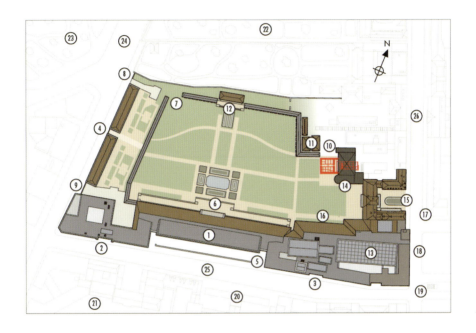

⑰宣伝省

⑱帝国首相官邸拡張部分

⑲地下鉄ヴィルヘルムプラッツ駅への入口

⑳ヴェルトハイム百貨店

㉑ライプツィヒ広場

㉒官邸庭園

㉓動物園

㉔ヘルマン・ゲーリング通り

㉕フォス通り

㉖ヴィルヘルム通り

参考文献

Browning, Christopher R. *The Origins of the Final Solution: The Evolution of Nazi Jewish Policy, September 1936–March 1942* (London: Heinemann, 2004).

Dwork, Debórah and Van Peit, Robert Jan. *Holocaust: A History* (London: John Murray, 2003).

Evans, Richard J. *The Coming of the Third Reich* (London: Allen Lane, 2003).

_____. *The Third Reich in Power, 1933–1939* (London: Penguin, 2005).

_____. *The Third Reich at War: How the Nazis Led Germany from Conquest to Disaster* (London: Penguin, 2008).

Gilbert, Martin. *Kristallnacht: Prelude to Destruction* (London: HarperCollins, 2006).

Johnson, Eric and Reuband, Karl-Heinz. *What We Knew: Terror, Mass Murder and Everyday Life in Nazi Germany* (London: John Murray, 2005).

Kershaw, Ian. *Hitler 1889–1936: Hubris* (London: Allen Lane, 1998).

_____. *Hitler 1937–1945: Nemesis* (London: Allen Lane, 2000).

Merridale, Catherine. *Ivan's War: Inside the Red Army, 1939–1945* (London: Faber, 2005).

Overy, Richard. *Russia's War* (London: Allen Lane, 1998).

Roberts, Andrew. *The Storm of War: A New History of the Second World War* (London: Allen Lane, 2009).

Roseman, Mark. *The Villa, The Lake, The Meeting: Wannsee and the Final Solution* (London: Penguin, 2002).

Stern, J.P. Hitler: *The Führer and the People* (London: Fontana, 1975).

_____. *The Heart of Europe: Essays on Literature and Ideology* (Oxford: Blackwell, 1992).

Wasserstein, Bernard. *On the Eve: The Jews of Europe Before the Second World War* (London: Profile, 2012).

Willett, John. *The Weimar Years: A Culture Cut Short* (London: Thames & Hudson, 1984).

Wistrich, Robert. *Who's Who in Nazi Germany* (London: Routledge, 1995).

_____. *Between Redemption and Perdition: Essays on Modern Anti-Semitism and Jewish Identity* (London: Routledge, 1990).

Wolf, Hubert and Kronenberg, Kenneth. *Pope and Devil* (Cambridge, MA: Belknap, 2010).

索　引

【著者】マイケル・ケリガン　（Michael Kerrigan）
オクスフォード大学で学ぶ。歴史全般に多数の著書がある。邦訳に『図説
ローマ教皇史』『拷問と敬具の歴史』『図説アメリカ大統領』『世界の碑文』
『イギリスの歴史——ビジュアル版』『第二次世界大戦秘録 幻の作戦・兵
器 1939-45』『米ソ冷戦秘録 幻の作戦・兵器 1945-91』など多数。

【訳者】白須清美　（しらす・きよみ）
山梨県生まれ。主な訳書にアステル『絵で見る天使百科』、クェンティン
『犬はまだ吠えている』、ヒル『ミセス・ケネディ』、イネス『霧と雪』な
ど多数。

HITLER
THE MAN BEHIND THE MONSTER
by Michael Kerrigan

Copyright © 2017 Amber Books Ltd, London
Copyright in the Japanese translation © 2017 Hara Shobo

This translation of Hitler first published 2017 is
published by arrangement with Amber Books Ltd.
through Japan UNI Agency, Inc., Tokyo

写真でたどる
アドルフ・ヒトラー
独裁者の幼少期から家族、友人、そしてナチスまで

●

2017 年 9 月 26 日　第 1 刷

著者⋯⋯⋯⋯マイケル・ケリガン

訳者⋯⋯⋯⋯白須清美

装幀⋯⋯⋯⋯岡孝治

発行者⋯⋯⋯⋯成瀬雅人
発行所⋯⋯⋯⋯株式会社原書房

〒 160-0022 東京都新宿区新宿 1-25-13
電話・代表 03 （3354） 0685
http://www.harashobo.co.jp
振替・00150-6-151594

印刷⋯⋯⋯⋯シナノ印刷株式会社
製本⋯⋯⋯⋯東京美術紙工協業組合

©Shirasu Kiyomi, 2017
ISBN978-4-562-05433-6, Printed in Japan